Christian Antonini

Fuorigioco a Berlino

GIUNTI

Uscite tranquilli. Non guardate in alto.
Non guardate mai le tribune;
la partita si gioca qui sotto.

da *Obdulio Varela* di Osvaldo Soriano

Cap. 1

L'ULTIMA ESTATE

Le nuvole avevano la forma di torrioni maestosi, fatti di sbuffi candidi. Il bianco delle nubi era quello della neve nelle fiabe, acceso dal blu del cielo, intenso e luminoso come un mare lontano. Era facile scorgervi i bastioni di un castello, in quelle masse vaporose che si muovevano pigre: bastava lasciar correre gli occhi. Una curva morbida diventava il collo di un cavallo, il balzo di un leone, uno scudo o un volto.

Quel lunedì, lo spettacolo aveva qualcosa di magico.

Ed era tutto per lui.

Si chiamava Leonard Tiberius Wolke, ma per tutti era semplicemente Leo.

Era sdraiato per terra, con una mano dietro la testa e le gambe accavallate. Aveva una matita tra i denti e si riempiva gli occhi con il cielo. Quello era il suo passatempo preferito e se lo stava gustando. Sceglieva una nube, vi posava lo sguardo e attendeva che la forma svelasse un'immagine, un dettaglio. Un naso qui, un braccio alzato là, la prua di una corazzata, un cappellaccio da pirata, una carrozza, un gatto...

Era bravo, Leo, a trovare forme nelle nuvole, lo era da sempre. E il Covo era il posto perfetto per quell'attività, quando gli altri non erano nei paraggi.

A dire il vero, il Covo era il posto ideale per un sacco di cose. Per questo era il *loro* Covo.

Era stato Martin a scoprirlo e a mostrarlo a tutta la banda. Era appena finita la scuola quando li aveva portati in quel sottotetto, per la prima volta. Un luogo speciale, vicino all'aeroporto Tempelhof, al settimo piano di un edificio condannato: *PERICOLANTE*, diceva un cartello sul portone, *DA ABBATTERE*.

Ogni settimana, i ragazzi della banda scoprivano qualche nuova attività o passatempo che, se svolti nel Covo, diventavano perfetti: sfuggire dai teppisti di Jo l'Amerikaner, nascondere la riserva di giornaletti di Martin per poi leggerli con calma, svuotare un sacchetto di bretzel dolci comperato dal papà di Felix, montare quel modellino di bombardiere Arado che Leo non riusciva mai a finire... oppure parlare delle partite del torneo, ricordare i goal, le vittorie. Perché Leo e i suoi amici erano più di una banda di ragazzini, erano compagni di classe e avevano formato una squadra. La squadra della scuola statale di Neukölln, che gareggiava nel torneo di Kindheimplatz. E che estate incredibile stavano vivendo! Berlino attraversava un momento magico, fatto di speranza, di emozioni. Aprivano locali, cinema, parchi dei divertimenti! Ogni giorno succedeva qualcosa di nuovo e incredibile. Era un'avventura unica ed era fantastico viverla.

Leo stava osservando un castello di nuvole. Rimase a bocca aperta quando questo si disfece lentamente, tramutandosi prima in una foresta di palme, poi in un corvo ad ali spalancate. Infine, anche il corvo scomparve, sciogliendosi in lunghi filacci che sembravano braccia dalle dita sottili.

Si tolse la matita dalle labbra e restò in ascolto. L'edificio era vecchio e pieno di rumori. Sicuramente c'erano anche dei topi, da qualche parte. Ma a lui era parso di sentire un passo, oltre la porta chiusa.

Niente, non si sentiva più nulla.

Mise in tasca la matita e si spostò sul pavimento per cercare una nuova posizione. Tornò a guardare le nubi.

Ecco... quella era una motocicletta! Emergeva da un muro che sembrava sfondato, o forse era una barriera di fiamme: la ruota anteriore sollevata, il grosso fanale proiettato in avanti... magnifica! Leo sorrise e si preparò a scoprire chi sedesse in sella al bolide. Sarebbe stata una figura fantastica, ne era certo.

Fu allora che la porta del Covo si spalancò.

«Mani in alto!»

Leo si rialzò di scatto, un ghigno sul viso e il corpo piegato in avanti. Aveva riconosciuto la voce.

«Non mi prenderete mai vivo, carogne!» rispose con finta grinta.

Tante ore al cinema di Kottbusser Damm, con le sue matinée di film americani sui gangster, rendevano facile quella finzione. Era uno dei giochi preferiti di Martin.

«L'hai voluto tu!» esclamò proprio Martin, un ragazzino basso e magro, con occhi accesi dietro occhiali dalla montatura nera. Strinse i pugni, uno di fronte all'altro, come se stesse impugnando un mitra. «Vivo o morto, per me fa lo stesso! *Tat-TAT-TAT-TAT-TAAA*!»

«Aaaah!»

Leo si buttò di nuovo a terra e prese a sussultare, fino a quando i colpi del mitra non cessarono di uscire dalla bocca dell'amico.

«Ti avevo sentito, Martin» disse il finto morto, un istante più tardi. «Avrei potuto fregarti».

«Ti sbagli di grosso, Wolke. Sei circondato!»

Dalla porta entrarono gli altri due membri della banda: Franz, con le mani in tasca e il sorriso sghembo, e Felix, che si fermò a chiudere il battente. Era grosso, Felix: il ragazzo più grosso fra quelli che giocavano in Kindheimplatz. La mano con cui spinse la porta era sporca di grasso, come sempre in quell'estate: lavorava alla rimessa di Hengist ed era un mago a riparare motorini e biciclette.

«Ciao, Leo» disse il ragazzone, dando un morso al panino che reggeva con l'altra mano.

Felix adorava mangiare e Leo vide che quella volta la sua scelta era ricaduta su pane di segale, formaggio e cetrioli.

Felix e Martin si sedettero sotto il lucernario e il ragazzino con gli occhiali tirò fuori dalla tasca dei pantaloni l'ultimo numero di *Analog*. Il giornale aveva in copertina un disegno di un insetto dal volto umano e Martin tuffò subito gli occhiali tra le pagine. Martin sapeva leggere in inglese e raccontava loro storie incredibili, prese dai giornalini che erano la sua passione. Anche Leo si sedette, ma rimase a guardare Franz. Il capo riconosciuto della banda si era recato verso la parete dei Trofei, dove i ragazzi avevano appeso al muro ritagli di giornali e foto di campioni. Una di queste era caduta per terra. Leo lo vide raccogliere la foto e sorridere. Gliela mostrò: era il ritratto di Uwe Seeler, il giocatore preferito di Leo, attaccante, proprio come lui.

«Allora?» chiese Leo. «Notizie?»

Franz non rispose e invece mise a posto la foto, appendendola con un pezzo di nastro adesivo di fianco a quella del suo eroe, Helmut Rahn, il mitico *Der Boss*. Ala destra, come lo stesso Franz.

«Be', mi dite qualcosa o no?»

«Ehi, Leo, sei nervoso?» lo punzecchiò Martin chiudendo la rivista e mettendola sulla pila di altri giornali simili, sotto il tetto, nell'angolo più vicino.

«Certo! E considerato che siete in ritardo... eravamo d'accordo che andavate voi a vedere le partite! Tuo papà non ti avrà fatto mica lavorare, no?»

«Tranquillo, suo padre non ne può più di lui» intervenne Felix, con un sorriso sulla bocca piena. «Martin lavora così male che il signor Ritter sta pensando di scambiarlo con una scimmietta a molla, di quelle che battono due piatti di ferro, hai presente?» Imitò il movimento della scimmietta, pronunciando anche *Cin! Cin! Cin!*, come se in mano avesse i piatti e non mezzo panino. «Lo farebbe guadagnare uguale, ma almeno sarebbe più gradevole da guardare!»

«Ehi, prova a ripeterlo!» scattò Martin, sempre pronto ad accendersi per un nonnulla.

Leo rise.

Quel battibecco era ordinaria amministrazione tra i suoi amici. Solo il cipiglio di Franz era stranamente fuori posto. Mentre il più piccolo e il più grosso della banda passavano dalle parole ai fatti, fingendo di azzuffarsi sul pavimento, Leo si alzò e raggiunse il capitano.

«Tutto bene?»

L'altro scosse la testa. Franz era più alto di Leo, più largo anche, con un viso dai tratti simpatici e occhi intelligenti. Leo lo vide aprire la bocca per dire qualcosa, ma i due furono interrotti.

«Ha vinto la *7 Ottobre*» disse Felix dando l'ultimo morso al panino. Era per terra, letteralmente seduto su Martin, che si dibatteva invano. Aveva vinto la zuffa senza dover rinunciare al suo spuntino. «Ci toccano proprio quelli che non volevamo, se vinciamo domani».

Si rialzò pulendosi le grosse mani sulla salopette da lavoro.

«Me l'aspettavo» commentò Leo. «Sono in gamba».

«Willi Schumann, della *Saette della Sprea*, mi ha detto che suo cugino ha sentito dire che il portiere della *Ottobre* è altissimo, un vero gigante» aggiunse Felix con aria da cospiratore. «Sembra che sia in grado di parare addirittura due tiri in porta contemporaneamente!»

«Mi sembra una fesseria» ribatté Franz.

«E il capitano della *Ottobre*, Herbert Mann... Ha segnato sei dei loro dieci goal. Ci pensate?» chiese Martin.

Si spolverò i pantaloni a propria volta e ripulì le lenti. La rissa con Felix era già dimenticata.

«Li avete visti?» domandò ancora Leo.

«Sono bravi. So che si allenano ogni giorno» disse Franz. Si spostò verso il centro del Covo e si sedette a gambe incrociate. «Durante la scuola giocavano nell'intervallo, in cortile. Ma adesso... non capisco come facciano, giocano di continuo. Eppure il pallone resta sempre in piazza».

«È vero, l'abbiamo visto» fece Martin. «Vero, Leo? Anche papà, quando chiude il chiosco, dice sempre che il pallone resta al centro del campo. Sono le regole».

«Sono le regole» confermò Leo.

«Devono avere un altro campo» propose Felix. «Magari ce lo possono prestare se perdiamo, eh? Visto che dovremmo lasciare a loro la precedenza...»

«Noi non perderemo!» s'infiammò Martin. «E tu farai bene a cercare di parare meglio dell'ultima volta, chiaro?»

«Tu cerca di prendere i passaggi, piuttosto».

«Ragazzi...» intervenne Franz.

«Noi contro chi giochiamo?» chiese Leo, sedendosi a propria volta. «Chi ha vinto la partita di ieri?»

Tuttavia, nessuno parve dargli retta.

«Oh, i miei passaggi sono ottimi» insistette Felix. «Sei tu che forse dovresti pulirti gli occhiali prima di entrare in campo, e non durante le partite».

«È successo solo una volta! È successo solo una volta e non accadrà più ti ho detto!»

«Ragazzi!»

Si voltarono tutti verso Franz.

Il capo della banda aveva aperto un grosso foglio di carta e lo stava dispiegando sulle assi del pavimento.

Leo lo riconobbe: era lo schema dei turni del torneo. Il loro torneo per il controllo del campetto di Kindheimplatz.

L'idea, ovviamente, l'aveva avuta Franz. La piazza in cui da sempre andavano a giocare, Kindheimplatz, attirava decine di ragazzini e bambini della zona di Berlino, a cavallo tra Neukölln e Treptow. Era uno spazio molto ampio, dove da qualche tempo cominciavano a vedersi anche i primi giochi pubblici per bambini: tunnel, scivoli, altalene. Era vicino alla fermata della metropolitana e quindi vi transitavano moltissimi pendolari dall'Est, famiglie e studenti.

In breve, il campetto che ospitava era diventato motivo di liti e sfide. E anche di qualche zuffa.

Spesso troppi ragazzi volevano giocare nello stesso momento, e non sempre era facile far le squadre. Gelosie, litigi, precedenze e turni, non erano mai stati cose facili da gestire.

E allora Franz aveva proposto a tutti un torneo: quattro giocatori in campo, portiere volante, partite ai dieci goal. La squadra vincitrice avrebbe avuto il controllo del campo, sarebbe sempre stata "di casa" e avrebbe quindi avuto sempre la precedenza per giocare. L'idea era piaciuta a tutti.

Era tutto stabilito, nelle Leggi di Kindheimplatz, il regolamento del torneo, scritto da Franz e approvato dai capitani di tutte le squadre.

E il campo... Era un rettangolo tracciato per tre quarti con il gesso bianco rubato dalle scuole. Le linee irregolari, un po' sbiadite, rifatte decine, centinaia di volte. Un disco al centro, due riquadri per le aree. Solo una linea laterale era bella dritta, chiara, perfetta: il campo si appoggiava alla linea di vernice che divideva Berlino.

Perché Kindheimplatz era esattamente sul confine tra Berlino Ovest e Berlino Est.

Leo si unì agli amici nello studiare lo schema del torneo. Segni neri indicavano i gironi e gli accoppiamenti. Lesse i nomi delle squadre, scritti nella bella calligrafia di Franz. Delle sedici formazioni originarie, ne restavano solo quattro.

Franz si scostò una ciocca di ricci dagli occhi e puntò un dito su uno dei "rami" delle semifinali.

«A noi toccano *I Baroni Rossi*».

«Che poppanti» sentenziò Martin. «Il loro nome è *Squadra Unterbahn*, non *I Baroni Rossi*».

«Così dicono di volersi far chiamare» riprese Franz facendo spallucce.

«Non è il nome che hanno dato quando si sono iscritti, però!»

«Solo perché all'epoca non avevano ancora scelto un nome, zuccone!» aggiunse Felix.

«Il nome non ha importanza» intervenne Leo. «Quello che conta è come giocano. E giocano bene. I gemelli Hasso, in particolare. Quelli mi preoccupano, sono affiatati!»

«Sono gemelli!» fece Martin come se il fatto potesse spiegare tutto. «Sapete cosa si dice dei gemelli, no?»

Gli altri restarono in silenzio e Martin inclinò la testa di lato. Sembrava uno strano rapace, magro e dagli occhi grandi.

«Si leggono nel pensiero!» confidò.

«Non diciamo stupidate» commentò Leo.

«È vero! Una volta l'ho letto su *Weird Tales*! C'erano queste due gemelle che...»

«E quelli della *Ottobre*?» chiese Felix interrompendo il racconto. «Chi hanno contro?»

Franz abbassò lo sguardo sullo schema.

«Ieri ha vinto la *Ferro e fiori*».

«Eh?» fecero in coro gli altri tre.

«*Ferro e fiori*» ripeté il loro capo. «La squadra di Alexandra e Paul Keller. Si chiamavano *Ferro e fuoco*, ma hanno cambiato. Me l'hanno detto ieri».

«Che nome ridicolo» ridacchiò Martin. «L'avrà imposto sicuramente Alexandra al fratello».

«Sì, ma allora è ridicolo anche lui» osservò Felix. «E lo sono ancora di più Karl e come si chiama l'altro? Quello addirittura più piccolo di Martin, ma meno goffo?»

«Willi» disse Leo.

«Loro non ci sono» li freddò Franz. «Né Sep, né Karl. Al loro posto giocano due amiche di Alexandra».

«Cosa?» Martin, incredulo si era rialzato in piedi. «Tre ragazze? Quelli della *7 Ottobre* devono giocare contro una squadra che ha tre ragazze?»

Felix si passò una mano sulla fronte.

Leo scosse la testa, incredulo. «Ma come sarebbe a dire, che non ci sono più. Dove sono andati?»

«Be', ho saputo che sono scappati all'Ovest. Le famiglie sono fuggite e loro sono andati con i genitori, ovviamente».

Leo rimase silenzioso. *Scappati*, ripeté a se stesso. Si passò la lingua sulle labbra, come se quel pensiero avesse un sapore sgradevole.

«Sono passati all'Ovest e adesso non giocano? Com'è possibile?» chiese.

«Forse sono tutti nel campo profughi. A Marienberg» ipotizzò Franz.

«Io davvero non capisco come sia possibile una cosa del genere. Perché non giocano?»

«Perché non possono, Leo» gli rispose l'amico. «Se una famiglia entra lì, non può uscire fino a quando i genitori non hanno tutti i documenti, un lavoro pronto e un nuovo domicilio».

«Non capisco perché l'abbiano fatto» si chiese ad alta voce.

«Be', hanno scelto i genitori per loro. Mio papà l'ha fatto, prima che io nascessi» affermò Martin con tono casuale. «Ve l'avevo detto, no? È venuto qui e poi ha aperto la sua edicola in Kindheimplatz. Vede ancora degli amici di Berlino Est e tutto il resto. Solo... adesso viviamo qui».

«Ma è diverso. I genitori di Sep e Karl li hanno portati via dalla loro vita. Come hanno potuto?»

«Be', mi pare che anche la tua famiglia sia scappata da Berlino Est, no?» gli domandò Martin.

Leo sentì su di sé gli occhi di Franz.

«Be', sì...» rispose piano. «All'epoca del Blocco. E poi del Ponte Aereo. Mio papà era pilota e...»

«E da allora vola per Lufthansa ma è costretto a stare fuori dalla Germania...» risposero cantilenando, in coro, sia Martin che Felix, per una volta in sintonia.

La storia della famiglia di Leo e del ruolo eroico di suo padre era ben nota a tutti.

Leo si guardò le ginocchia sbucciate che sbucavano dai pantaloni corti. Si accorse che nel Covo era calato il silenzio. Gli altri stavano osservando Franz, che a viso basso ripiegava il foglio.

«Sentite, non ha importanza. C'è un'altra brutta notizia» disse questi. Poi rialzò la testa e li guardò tutti con occhi tristi. «Ma non dovete dirlo a nessuno. Giurate!»

«Garantito» disse Felix. Fece una croce con le dita e la baciò con forti schiocchi, da una parte e dall'altra. «Garantito al limone».

«Sì, giuro» disse Martin passandosi una mano sul cuore.

Franz guardò Leo e questi annuì piano, con un nodo alla gola. Se Franz gli chiedeva di giurare, lui lo faceva, anche se aveva la sensazione che quanto stesse per dirgli l'amico non gli sarebbe piaciuto.

Dopo un istante, Franz riprese a parlare.

«Presto... Ecco, anche la mia famiglia... Insomma, anche i miei vogliono scappare». Lasciò la frase in sospeso e si sistemò la maglia sulle spalle, come se gli stesse dando fastidio. «Mio papà è dentista e dice che ci sono buone possibilità. Forse ci manderanno a Francoforte, oppure da un'altra parte e...»

«Cosa stai dicendo, Franz?» intervenne secco Leo.

«Non so ancora quando».

«Cosa stai dicendo?» Leo ripeté la domanda, questa volta si era alzato in piedi e stringeva i pugni.

«Anche la mia famiglia sta per lasciare Berlino Est» spiegò infine Franz, con una nota dura nella voce. «Ecco cosa vi sto dicendo».

«Ma scusa, la squadra? Il torneo...?»

«Leo, sono ancora qui. Domani gioco con voi, non aver paura».

«Io non ho paura di niente!» sbottò lui. «Quello che mi interessa è solo capire se ci pianti in asso o meno».

«Caspita, siamo alle semifinali» osservò Martin.

«Mi spiace, ragazzi» ammise Franz. «I miei non sanno dirmi quando. O forse non vogliono farmelo sapere. Mi hanno solo detto di prepararmi: probabilmente sarà prima della finale. Ho sentito mia mamma parlare di mercoledì».

Leo girò la testa e guardò oltre i vetri. La motocicletta di nubi era uscita dalla massa turbolenta di vapore. Andava disfacendosi oramai, e della sua forma originale restava ben poco. Ai suoi occhi allenati si notava ancora la zona dove avrebbe dovuto esserci la "sella".

Era vuota.

Cap. 2

I BARONI ROSSI

Lunedì pomeriggio.

Il sole splendeva, l'aria era fresca, ma odorava di gomma bruciata e polvere: la puzza dell'Est, così la chiamavano in molti; ma a Leo non interessava. Non in quel momento. Era felice, correva, con la palla al piede. Si sentiva come Uwe Seeler nella partita che lo avrebbe incoronato giocatore dell'anno. Almeno fino a quando non pensava al giorno prima, e ai giorni futuri. Ogni volta che gli sembrava di avere tutto sotto controllo, di sapere cosa stesse per accadere, succedeva qualcosa che mischiava le carte in tavola.

E allora, correva per non pensare.

Si muoveva spingendo in avanti la palla, con abili colpi di punta. Aveva preso un passaggio incompleto e si era lanciato in un contropiede micidiale. La sua squadra stava vincendo, ma la partita non era ancora finita.

Il pallone era un globo di cuoio logoro, con graffi e spellature, sporco e bitorzoluto. Rimbalzava spesso in modo irregolare e imprevedibile. Per Leo era bellissimo

Leo continuò ad avanzare, portandosi sempre più vicino alla porta. Entrò in area, ma si trovò a guardare il sorriso cattivo di Peter Baum, il corpulento portiere dei *Baroni*. Il ragazzone aprì le braccia, pronto a parare.

A destra, Franz si era smarcato e correva lungo la fascia. Harold Lander, capitano dei *Baroni*, era pochi passi indietro. Appena oltre la linea bianca che attraversava la piazza c'era Otto Ritter. Il papà di Martin osservava la partita fuori dal campo, con le mani dietro la schiena. Di fianco a lui c'era una ragazzina dell'età di Leo che guardava la sfida in campo con grande attenzione.

Franz chiamò la palla alzando un braccio, ma Leo finse di non vederlo.

«Eccomi, sono libero!» gridò Martin, da sinistra.

Si avvicinava tallonato da uno dei gemelli Hasso.

Leo mise la palla sul sinistro e gliela passò.

Martin agganciò con il piede e corse in avanti, alla ricerca di una buona posizione per tirare. Da dietro, sopraggiunsero entrambi i gemelli: erano identici! Marius e Marko Hasso si chiusero sul piccolo Ritter, senza lasciargli altra possibilità che passare di nuovo.

Il tiro arrivò corto e Leo si gettò sul pallone, recuperandolo prima che il più vicino dei gemelli potesse intervenire. Era Marius, che non si arrese e si fece sotto.

Leo lottò per controllare la palla. Finta, altra finta, passo indietro… Si voltò, fece scudo con il corpo, la fece danzare tra i piedi come un giocoliere, cercò un varco. Tutto inutile, l'altro non lo mollava.

«Passala!» gli gridò Felix dalle retrovie.

Indicava con il braccio Franz. Il capitano dei Baroni lo aveva lasciato e stava avvicinandosi a Marius. Leo era bravo, ma contro due avversari sarebbe stato presto scartato. Ignorò il consiglio e passò di nuovo a Martin.

Il tiro giunse come una sorpresa per tutti. E il primo a reagire fu l'altro gemello. Marko Hasso scattò come un fulmine, raggiunse la palla e la spinse in avanti.

«Nooo!» si disperò Martin, gettandosi all'inseguimento.

Felix arretrò dalla sua posizione avanzata e corse rapido in porta.

Leo e Martin raggiunsero il gemello prima che questi potesse passare la palla. Lo pressarono, mentre il resto dei *Baroni* accorreva. Arrivò anche Franz.

Martin fece guizzare un piede. Marius spostò la palla e Leo ne approfittò per rubargliela.

Era l'occasione ideale per un altro contropiede! Si allungò il pallone e...

Il suolo gli venne incontro. Marius gli aveva fatto lo sgambetto.

«Oh, scusami!» gli disse il gemello. «Ti sei fatto male? Credevo di aver preso la palla, scusa davvero».

«Hai preso me, testa di rapa!» gli rispose Leo a muso duro.

Marius Hasso gli porse la mano e lo aiutò ad alzarsi. Sorrideva.

«Dai, giochiamo!» li incalzò Peter Baum.

Aveva recuperato la palla e la lanciò con le mani a Leo.

«Punizione!» annunciò questi.

Martin e Franz arretrarono.

«Dai, ragazzi!» gridò Felix dal fondo. «Siamo otto a sei, otto a sei! Li abbiamo in pugno, ancora uno sforzo ed è fatta!»

«Che ti prende?» domandò a Leo il capo della banda, quando fu a portata d'orecchio.

«Che vuoi dire?»

«Non mi hai lanciato un solo pallone buono, oggi».

«Oh, dai. Ho visto Martin libero e...»

«Martin non era libero, i gemelli erano in agguato. E tu hai fatto un errore che non è da te».

«Tu avevi Lander che ti curava...»

«Ma controllo la palla meglio di Martin, e potevo ripassartela subito. Cos'hai che non va, oggi? Sei con noi?»

Franz gli mise una mano sulla spalla e Leo la scostò con forza.

«Potrei chiederti la stessa cosa. Tu stai giocando ancora per questa squadra?»

Si pentì subito di quella stoccata. Vide Franz stringere le labbra e annuire. Leo si chinò per non dover guardare l'amico, sistemò di nuovo la palla e sbuffò.

Non aveva ancora digerito la notizia. Non poteva credere che il suo amico, il capitano della sua squadra, stesse per andarsene. Li avrebbe abbandonati. Quella che era stata fino a quel momento la migliore estate della sua vita aveva perso ogni attrattiva. E anche la partita era diventata meno divertente.

Il gioco riprese.

Troppo lontano per un tiro in porta, Leo lanciò radente a Franz. Questi avanzò controllando la palla, la restituì a Leo che la passò a Martin. Felix si fece avanti e venne servito. Avanzò cauto e la squadra dei *Baroni* si chiuse in difesa, ben sapendo che il portiere volante non avrebbe potuto tirare in porta. Così, però, diedero agli avversari la possibilità di piazzarsi. Felix passò a Martin, il quale occhieggiò la porta. Come quella della *Neukölln* era fatta con le giacche dei giocatori ammonticchiate in due cumuli informi, sovrastati dai cappelli. Leo vide il piccolo Ritter allargare le labbra in un sorriso: pregustava il goal.

«Andate a prenderlo!» gridò Lander «Fermatelo!»

Uno dei gemelli si fece avanti, ma era quello che Martin aspettava. Appena l'avversario si trovò abbastanza lontano dalla porta, il ragazzo si voltò e lasciò partire un cross che attraversò il campo, da sinistra a destra. Franz stoppò di petto, poi avanzò di scatto per un paio di passi, finse un tiro e passò al centro. Il resto dei *Baroni* aveva creduto alla finta e si era spostato verso destra. Leo si ritrovò la palla davanti, caricò il tiro e lasciò partire una bordata di destro.

Viveva per quei momenti.

Sentì l'aria sul viso, la maglia sudata contro la schiena, il fondo irregolare attraverso le suole delle scarpe. Quasi gli pareva che lo sguardo e il desiderio di tutta la sua squadra spingesse il pallone in avanti. Questo cessò di essere un'informe sfera di cuoio logoro. Divenne bellissimo, come il pallone dei Mondiali. Compì una traiettoria a effetto, alzandosi prima verso destra, per poi piegare a sinistra.

Sfilò accanto a Peter Baum, lasciandolo di sasso.

"Goal!" pensò Leo chiudendo gli occhi e levando il viso al cielo.

«Sììì!» gridò Martin.

Nove a cinque. E gli odiosi gemelli furono mandati a recuperare il pallone.

Kindheimplatz non si era fermata per quel goal, e non lo fece neanche mentre i *Baroni* rimettevano la palla al centro. Il signor Müller preparava il latte nei bidoni di metallo. I pendolari dell'Est attraversavano il piazzale avviandosi alla fermata della metropolitana. Gente di ogni tipo andava per negozi. A ovest, oltre il chiosco con l'edicola dei Ritter, un gruppo di bambini schiamazzava vicino agli scivoli. Tutto intorno al campo, altri ragazzini delle varie squadre del torneo osservavano la partita. Per loro i giochi erano fatti, ma lo spettacolo valeva comunque la pena. Alcuni inneggiavano ai *Baroni*, altri tifavano per la *Neukölln*. C'erano le *Saette della Sprea*, gli *Eroi di Eberhard*, il portiere della *Valanga Vichinga*, i due fratelli Lehrner, capitani rispettivamente della *Lupi di Leopold* e della *Planterwald*. E poi c'erano i ragazzi della *7 Ottobre*. Al completo. Erano in sei, tutti impettiti e con espressioni antipatiche sui volti puliti. Studiavano attentamente la partita.

A Leo non importava, che guardassero pure!

«Dai che ce la facciamo» gli disse Felix. Leo non si era accorto che il grosso amico gli fosse così vicino. «Non mollare, Leo. Resta in partita».

«No, va bene. È solo che... anche se vinciamo...»

L'altro gli diede una manata sulla spalla che lo fece barcollare.

«Se vinciamo, siamo in finale. Non c'è altro da dire».

«Sì, hai ragione. Ma senza Franz come faremo, ci hai pensato?»

Felix alzò il largo viso al cielo e sorrise inspirando l'aria del pomeriggio.

«Faremo come sempre» rispose. «E se va male, daremo la colpa a Martin. Come sempre, no?»

I Baroni Rossi attaccarono a testa bassa. Vennero avanti con forza, cercando di trattenere la palla il più a lungo possibile, scendendo spesso sulla fascia sinistra. Martin non era molto bravo come difensore, era uno scattista puro, e si trovò spesso in difficoltà. Leo e Felix dovettero intervenire più volte e gli avversari si ritirarono. In due occasioni, prima con Leo, poi con Martin, venne tentato un contropiede, ma i gemelli Hasso respinsero l'assalto.

«Diamoci dentro!» incitò Franz.

«Dai, dai!» rilanciò Martin.

Leo si fece avanti, intenzionato a fermare Marius, che scendeva ancora una volta verso Felix e la porta della *Neukölln*. Il gemello sogghignò, cominciò ad allargarsi verso sinistra, ma poi si voltò repentino. Corse per alcuni metri con la palla al piede e la lanciò verso la fascia opposta.

Harold Lander si gettò come un lupo all'attacco. Franz lo vide e fece altrettanto. Il capitano dei *Baroni* raggiunse la palla per primo e si preparò ad avanzare. Franz invece gli si lanciò contro, diede un gran calcio al pallone e lo fece rimbalzare sulle gambe dell'altro. La palla si alzò in aria e volò via, oltre il lato destro del campo. Franz era riuscito a metterla fuori e a conquistarla per la sua squadra con un solo colpo.

Il signor Ritter e la ragazzina si avviarono verso la palla. Parlavano insieme, come se fossero amici. Leo si rese conto di non averla mai vista prima in Kindheimplatz. Il papà di Martin raccolse il pallone e lo diede a Franz.

Il ragazzo si preparò alla rimessa e la *Neukölln* venne tutta in avanti. Leo si trovò marcato stretto da Marius Hasso. Marko curava da vicino Martin, e Harold si teneva pronto.

Leo scattò da una parte, cercando di smarcarsi, ma Franz non lanciò.

«Non ti mollo» gli disse Marius.

«Allora preparati a correre».

Cambiò direzione e fece un altro scatto. Ancora niente. Vide Martin tentare una specie di danza, ma l'altro gemello era la sua ombra.

«Allora?» provocò Harold ad alta voce «Io alle sei devo andare a casa, ci muoviamo?»

"Non me la passerà mai" pensò Leo. "Se anche mi libero del gemello, Franz non mi passerà più la palla, che faccio?"

Ma ecco arrivare Felix. Anche Franz l'aveva notato e gli lanciò la palla con una lunga e lenta parabola. Il portiere della *Neukölln* fece un gesto con il braccio: *sotto!* Leo e Martin scattarono e i due gemelli li seguirono come ombre. Harold si fece avanti per fermare il portiere avversario, ma questi passò invece a Franz. Il tiro arrivò basso e veloce. Il capitano corse in attacco, con i ricci spinti indietro dal vento.

«Attenti, attenti!» gridò Harold ai suoi *Baroni,* mentre la squadra ripiegava.

Franz lanciò un passaggio filtrante a Leo. Leo la girò a Felix, il quale venne ancora avanti per qualche passo prima di allargare a Martin, sulla fascia. Era un gioco di squadra favoloso.

«È fatta! Sono nostri!» esclamò il piccolo Ritter.

Questa volta i *Baroni* non commisero l'errore di mandare un uomo in avanti e attesero, chiusi in difesa. Martin fece una finta, sogghignò e passò di nuovo a Felix. Erano al limite dell'area. Leo strinse i pugni e guardò il suo capitano. Franz incontrò il suo sguardo... e gli fece l'occhiolino.

«Felix!» chiamò Franz.

Il portiere lanciò la palla. Non appena il pallone ebbe toccato il suolo, Leo raccolse le forze e si lanciò in avanti. Tutti gli occhi erano su Franz, il quale stava ora controllando la palla e lanciò un pallonetto. Preciso, dolce, bellissimo.

Leo saltò.

Il suo cuore gridava, il momento era perfetto.

Con orrore si rese conto che anche il portiere avversario stava saltando, appena di fronte a lui. Vide la palla sfiorare le dita dell'avversario, senza che questi riuscisse a fermarla.

Leo strinse i denti e tese il collo.

Colpì, indirizzando la palla verso la porta, con un movimento secco.

Tutto parve avvenire a rallentatore. Vide il pallone sfrecciare verso la porta, la smorfia quasi comica sul viso di Peter Baum, il sorriso estasiato di Martin.

Trattenne il fiato...

Il pallone picchiò per terra, rimbalzò con un suono quasi magico.

Leo aveva segnato il decimo goal.

La partita era vinta, grazie al passaggio di Franz.

Si abbracciarono di fronte alla porta dei *Baroni Rossi*.

Leo sentiva le grosse mani di Felix sulle sue spalle, udiva le parole a raffica di Martin. Ce l'avevano fatta, erano in finale! Sciolsero l'abbraccio e si guardarono sorridendo. Anche il sole festeggiava con loro: splendeva nei riflessi sui vetri dei palazzi.

Tutti si erano fermati a guardare la fine della partita. I bambini, i pendolari, addirittura due agenti della *Volkspolizei,* che stavano passeggiando vicino al confine. I *Baroni,* umiliati e sconfitti, raccoglievano le loro cose. La loro porta venne disfatta, man mano che prendevano giacche e cappelli.

«Bel colpo» disse Harold Lander tendendo la mano a Franz.

«Grazie, anche voi avete giocato bene» rispose Franz, stringendogliela.

«Ma non abbastanza!» sghignazzò Martin.

Anche il resto dei *Baroni* si fece vicino ai quattro vincitori. Subito oltre, un anello di curiosi e ragazzi si strinse a osservare il rituale.

«Sì, be', forse è vero...» convenne Harold.

«Andrà meglio la prossima volta».

Leo vide il pallone rotolare in mezzo alle gambe dei presenti. Si chinò e lo raccolse.

«È stata una bella partita» disse rialzandosi. Cercò con lo sguardo i gemelli e si rivolse a loro. «Siete davvero forti».

«Grazie!» risposero questi in coro.

«Be', fateci un favore, adesso» disse ancora il capitano dei *Baroni*. «A quelli della *7 Ottobre*, fateli neri.

«Contateci!» rispose Martin con entusiasmo.

«Be', sempre che le ragazze di Alexandra non li buttino fuori!» disse Felix dando una manata sulla schiena all'amico.

«Ce la metteremo tutta» aggiunse Leo «Ma non sarà facile».

A quel punto si intromise una voce tanto sgradevole quanto conosciuta: «Puoi giurarci che non sarà facile!».

Herbert Man e i suoi si fecero largo tra la folla ammutolita. Erano in sei, i quattro "titolari" e due riserve. Herbert aveva i capelli tagliati corti e il viso tondo e lentigginoso, con un neo vicino al naso che gli conferiva un'espressione antipatica. Teneva sotto braccio un pallone di cuoio, nuovo di zecca. Leo non aveva mai visto nulla di più bello.

«Forte, eh?» disse facendo rimbalzare la palla. Aveva colto lo sguardo di Leo. «È il pallone che mi ha dato mio papà. Lui è il direttore dello Stabilimento 12 della Trabant e questo è il pallone della squadra della fabbrica. Un pallone vero. Siamo qui per allenarci, avete finito?»

Si udì qualche risatina e molti mormorii, soprattutto di ammirazione: un pallone di cuoio vero, e nuovo, doveva costare una fortuna.

«Uhm, bello, sì...» osservò Felix. «Peccato che, assieme al pallone vero, tuo papà non abbia recuperato anche dei veri giocatori!»

Questa volta le risate furono molte di più, ed Herbert non ne fu contento.

«Divertiti pure, scimmione. Almeno finché puoi. Sabato scoprirai che siamo un osso molto più duro di questi quattro bambocci».

«Ehi, a chi hai detto "bambocci"?» domandarono in coro i gemelli Hasso.

Herbert fece finta di non accorgersene.

«E ora, se avete finito, vorremmo giocare».

«Sì, abbiamo finito» rispose Franz.

Leo guardò incredulo l'amico.

«Fate bene ad allenarvi tanto» sbottò quindi Martin. «Non avrete più occasione di giocare, quando avremo finito con voi».

Herbert sogghignò ancora.

«Parole grosse, quattrocchi».

«Ha ragione. E si chiama Martin» sbottò Leo. Franz gli mise una mano sulla spalla. «Sabato vi faremo a pezzi».

«Oh-oh...! E se invece giocassimo subito, eh? Che ne dite? Voi contro di noi, quattro contro quattro».

«Non è il caso» disse Franz per tutti.

«Certo, certo, magari vi facciamo paura».

Leo non ci vide più. «Noi non abbiamo paura di nessuno!»

«Allora fatevi sotto! Avanti!»

«No» disse Franz. «Noi stavamo andando a casa. Allenatevi pure, per quello che potrà servirvi».

Leo si sentì crollare il mondo addosso. Vide gli sguardi allarmati di Martin e Felix.

«Come preferite» Herbert fece spallucce mentre la sua squadra sghignazzava. «Avanti ragazzi, diamoci dentro».

Il campo venne sgomberato. Martin, Felix, Leo e Franz oltrepassarono la linea bianca che divideva la piazza. Leo si infilò le mani in tasca e diede un calcio a un sasso.

«Perché ci hai fermato? Potevamo vedere di che pasta sono fatti!» disse a Franz

«Perché siamo stanchi e loro no».

«Stanchi? Io non sono stanco!»

«Sì, lo sei. E magari ci avrebbero fatto vincere per darci una falsa illusione. E se avessimo perso sarebbe stato un colpo al vostro morale».

«Già, al *nostro*. Ma almeno, oggi, saremmo stati in quattro! Non avremo mai più un'occasione come questa, non ci hai pensato?»

Franz camminò a testa bassa di fianco all'amico. Felix e Martin restarono indietro.

«Sì, certo che ci ho pensato».

«Anche io, molto. Ti rendi conto? Questa è la nostra ultima estate insieme. A settembre cominceremo scuole diverse, la nostra vita cambierà e tu sarai via da qui. Lontano, chissà dove... Niente sarà più lo stesso. Mai più. E questa partita...»

«Lo so, mi dispiace. Se potessi...»

«No, non è vero!» sbottò Leo, allontanandosi dall'amico. «Tu hai già scelto, ci lascerai e andrai via».

«Aspetta, lasciami spiegare».

«Non devi spiegarmi niente». Accelerò il passo, alla volta di casa. «Anzi, sai che ti dico? Non mi interessa nemmeno. In fondo che importa? È solo uno stupido torneo di calcio, no?»

Si voltò e corse verso casa. Cercò di correre più veloce delle parole dell'amico, più veloce dei mille pensieri che affollavano la sua testa. Ma quando entrò in casa scoprì che le preoccupazioni e il dispiacere l'avevano seguito.

Cap. 3

IL NUMERO 10

«Ehi, guardate questo ragno!» esclamò Felix puntando il raggio della torcia.

Leo vide l'amico studiare una bestiaccia grande quanto il proprio pugno, un mostro nero e peloso con il corpo lucido e umidiccio.

«Ah, odio i ragni» commentò Franz sporgendosi oltre la spalla del portiere. «E odio questo posto, manca tanto?»

«No. Ci siamo quasi» rispose Martin, in testa alla fila. «Tra poco potremo risalire».

I ragazzi erano in una galleria, nella pancia della città, da qualche tempo, ormai. Ce li aveva portati lui, Martin, ovviamente. L'idea era stata sua, come tutte le scorribande e le esplorazioni che la banda di *Neukölln* aveva compiuto ogni estate da quando i quattro ragazzi si erano conosciuti. Ma quell'agosto, Martin aveva superato se stesso: quella nuova esplorazione aveva il sapore del rischio e dell'emozione.

"E questa potrebbe essere la nostra ultima avventura" realizzò amaramente Leo. "L'ultima esplorazione che facciamo noi quattro insieme".

Gli altri non sembravano rendersene conto. Almeno

non Felix e Martin. Il primo, sempre allegro e spiritoso, non aveva trovato nulla da ridire riguardo a quella scorribanda. Martin, invece, sembrava diverso rispetto al ragazzino nervoso e aggressivo, che di solito era all'aria aperta. Consultava una mappa che era poco più di alcuni segni di penna su un foglio bagnaticcio. Reggeva una malandata lanterna a batteria. La teneva alta sopra la testa. Nel buio, rischiarato solo dal cono di luce bianca, i suoi occhi brillavano di curiosità. A Leo parve un pirata alla ricerca di un tesoro, un esploratore di terre lontane, un avventuriero in avanscoperta. Martin si nutriva di avventura e mistero. Erano sue molte delle idee avventurose della banda, come quella di esplorare vecchi depositi, palazzi pericolanti o discariche che risalivano a subito dopo la guerra. Martin sembrava quasi non capire il significato di "pericolo".

Però aveva detto che quel viaggio nel sottosuolo li avrebbe aiutati per la sorpresa che dovevano fare a Franz e quindi anche Leo, alla fine, aveva accettato.

«Dai, ragazzi. Muoviamoci! Manca davvero poco, adesso» li incitò il piccolo Ritter.

«E va bene, riprendiamo a camminare» concesse Franz, felice di allontanarsi dal ragno. «Ma mi vuoi dire dove stiamo andando? Questo posto mi soffoca».

«Vedrai, ti piacerà» rispose la guida. «Certo che se ci fermiamo a ogni ragnatela, non arriveremo mai prima dell'inizio delle scuole».

«Scusate» disse Felix sistemandosi lo zaino sulle spalle. Lui e Martin erano gli unici ad averne uno. Spense la torcia. «È solo che ci sono così tante ragnatele che mi sembrava di essere nella camera di Martin...»

«Ridi, ridi, scimmione» lo punzecchiò questi. «Io almeno ce l'ho una camera mia!»

«Be', se un giorno casa tua dovesse diventarti troppo stretta, potresti sempre trasferirti qua sotto, eh? Saresti a tuo agio».

Martin lasciò cadere la battuta e riprese a guidare il gruppo. Oltrepassarono la svolta e raggiunsero un incrocio. Il soffitto correva regolare, percorso da lampadine schermate con della rete metallica. Erano tutte spente.

«Martin, cos'è questa galleria?» chiese Leo. «Proprio non vuoi dirci dove andiamo?»

«Segreto, ragazzi. Però è forte, vero? Credo sia parte di un complesso molto vecchio».

«Quanto vecchio?» domandò Felix. «Potremmo trovarci delle mummie?»

«Le mummie ci sono in Egitto».

«Potremmo trovarci delle mummie tedesche?»

«No, non credo. Ma magari qualche soldato russo» rispose il ragazzo con voce seria. «O qualcuno dei nostri. Morto».

«Vuoi dire che risalgono alla guerra?» si informò Leo.

Martin si fermò, guardò gli amici da sopra le spalle e

annuì. Riprese a guidarli, parlando piano, come se le parole potessero disturbare il buio.

«Ci sono delle mappe. Questa che ho è solo una copia che ho fatto di nascosto, tempo fa. Me le ha mostrate papà, sono mappe dell'esercito, credo siano di una rete di gallerie che univa posti come bunker, depositi... Cose così, insomma. Papà dice che sono molto preziose, ma non so dove le tiene».

«Potrebbe essere rischioso, allora?» chiese Leo. «Potremmo trovare una bomba o dei proiettili?»

Martin non rispose. Li guidò oltre l'incrocio e indicò loro un corridoio breve che terminava con una porta di legno.

Leo era certo che stesse sorridendo.

«Ecco, ci siamo!» annunciò Martin quando finalmente raggiunsero una vecchia porta di legno in fondo al tunnel.

Avevano attraversato spazi impolverati e passaggi che odoravano di fogna. Avevano incontrato scarafaggi e rifiuti, buche che si aprivano all'improvviso nel pavimento e ambienti chiusi e abbandonati che non dovevano aver visto anima viva da anni. Alla fine, però, ce l'avevano fatta.

«Senti, Martin, non voglio essere un ingrato...» disse a quel punto Franz «Ma i miei potrebbero portarmi via da Berlino Est anche domattina, per quello che so. E questo significa che potrei non vedervi più per parecchio tempo... avrei preferito impiegare diversamente questo pomeriggio!»

«Non preoccuparti» gli rispose Leo, mentre Martin ripiegava la mappa. «Martin non ci ha detto dove stiamo andando, ma ci ha giurato che ne vale la pena. E io gli credo».

«Ma sì, ne sono sicuro… è solo che vi lascio a un passo dalla finale. E magari potevamo andare a vedere la semifinale della *Ottobre*. Potevamo trovare insieme i loro punti deboli e…»

«Il loro punto debole è quello di non avere me in porta!» sbottò Felix. «E Leo in attacco! Li faremo neri, Franz, vedrai!»

Leo non ne era così certo, ma il buonumore di Felix era contagioso. Si sorprese a sorridere.

Martin sbuffò e saggiò la maniglia della porta.

«Andiamo, lumache!» li spronò.

Il battente si aprì su una cantina dal pavimento polveroso. C'era un divano coperto da un lenzuolo che sembrava tenuto insieme dalla muffa. Leo diede di gomito a Franz e la piccola comitiva si avviò.

Uscirono dalla cantina e trovarono una rampa di scale.

«Ho capito!» disse Leo con una mano sulla ringhiera di legno. L'aveva riconosciuta.

«Ssst» rispose Martin con un dito di fronte al naso. Spense la lanterna e fece l'occhiolino.

«Ehi, forse ho capito anche io…» commentò Felix.

«No, dai, non ci credo…» Franz si aggiunse al coro.

«Zitti tutti!» intimò loro Martin. «Non ci sono mai arrivato da qua sotto, e dobbiamo salire con cautela. Devo sentire i gradini, man mano che ci camminiamo sopra, per evitare che crollino sotto il nostro peso. Parleremo quando saremo arrivati».

Salirono, uno dopo l'altro, in fila indiana proprio come se si trovassero ancora nel tunnel, anche se la rampa di scale era larga a sufficienza per tre di loro affiancati.

I gradini erano sicuri e saldi. Non c'era nessuno.

Raggiunsero un pianerottolo e superarono un atrio. Le scale salivano ancora. Scale che Leo e gli altri conoscevano bene, ormai. I ragazzi abbandonarono ogni cautela e si lanciarono in una corsa, in salita, per tutti e sette i piani che li separavano dalla meta.

Fu Franz a raggiungere per primo la porta di legno del sottotetto. La spalancò senza fermarsi, entrando nel Covo a braccia alzate.

«Primo! Primo, ragazzi, sempre primo!»

Leo lo raggiunse. «Va bene, hai vinto anche stavolta».

«Ehi, fammi passare, c'ero prima io!» giunse la protesta di Felix.

«Togliti, bestione» rispose Martin.

Leo li vide incastrati nel vano della porta, che cercavano di entrare tutti e due contemporaneamente, impacciati dagli zaini.

«Gente, lasciate perdere» disse loro. «Terzo o quarto non ha importanza. Il capitano ci ha bruciati sullo sprint. Abbiamo perso tutti».

«Prometto che non accadrà più» disse Franz con tono mesto.

I due amici si disincagliarono dalla porta e affiancarono Leo.

«Allora è sicuro?» domandò. Franz fece un sorriso triste e annuì. «Ah, che schifezza» commentò Leo. «È davvero una fregatura».

Non sapeva bene cosa provare, in cuor suo. Da una parte era arrabbiato, incolpava Franz di voler abbandonare la squadra e il torneo, "il torneo che lui stesso aveva organizzato!". Ma dall'altra, si stava rendendo conto di quanto la cosa dovesse pesare all'amico.

«Ehi, che faccia da funerale!» gli disse Felix. «In fondo, se ne va via con i suoi, fanno una cosa per cercare di stare bene. Come suoi amici dobbiamo essere felici per Franz».

Il capitano sorrise al portiere. «Grazie, Felix».

«Ma sì, è vero» commentò Leo. «Solo... Non vi sentite mai come se le cose a cui tenete vi sfuggissero tra le mani? Come se foste in un fiume in piena, senza riuscire a fermarvi?»

«Mio papà dice che è quello che si prova a essere grandi, adulti, e a dover fare i conti con le responsabilità e i problemi» osservò Franz. «Ma è un'estate stupenda e dobbiamo pensare alle cose belle che abbiamo avuto, Leo».

«Ci mancherai, sai?» gli rispose lui. «E non solo perché ci lasci nei guai contro quegli antipatici della *7 Ottobre*, ma perché comunque... Insomma... Accidenti, siamo sempre stati noi quattro e...»

«Ehi, Leo, dai... Non fare così!»

«Sentite, se volete anche baciarvi, Martin e io possiamo andarcene, eh?»

La battuta di Felix fece ridere tutti.

Franz si sedette e li osservò uno per uno. «Mi mancherete tutti» disse. «Però adesso mi volete spiegare a che vi servono gli zaini?»

Felix aprì il proprio con un sorriso beato.

«Be', non si può festeggiare senza mangiare qualcosa!» disse estraendo tre panini avvolti in altrettanti fazzoletti. E subito dopo tirò fuori un quarto panino, grande due volte gli altri. Lo scartò e gli diede un morso. «E devo dire che era proprio l'ora!»

Leo prese il proprio panino. Era fatto con due fette di pane di segale, senape, insalata, wurstel e formaggio. Lo addentò e... gli parve buonissimo. Forse era per via dell'esplorazione, o della corsa, o dell'aria fresca che entrava dalle finestre, in quel pomeriggio d'estate. Non lo sapeva e non gli importava. Quello che sapeva era che gli piaceva mangiare con i suoi compagni di squadra, là, tra il cielo e l'aeroporto.

«E sarebbe sbagliato mangiare senza bere, no?» disse Martin.

Dal suo zaino aveva estratto quattro bottigliette di vetro,

piene di coca-cola. Le aprì con un cavatappi preso dalla tasca, e diede da bere a tutti.

Leo si godette il momento: pane, coca, amici e un pomeriggio di libertà sopra i tetti di Berlino. Felix aveva la bocca piena e masticava allegramente. Martin non aveva ancora toccato il suo panino, ma stava bevendo di gusto dalla bottiglietta. Franz stava piluccando i wurstel, prendendoli con due dita dalle fette di pane, ma appariva incerto.

"Ancora non ha capito" realizzò Leo.

Fece un sogghigno e incontrò lo sguardo di Martin. Il ragazzino represse uno scoppio di risa, ma ormai era fatta. Felix si batté una mano sulla gamba, cominciò a ridacchiare e poi a ridere di gusto, spargendo pezzi di formaggio e pane sul pavimento di legno.

«Ma proprio non ci arrivi?» chiese Leo a Franz.

«Ma cosa?»

Fu troppo per Felix. Il pane gli andò di traverso, strabuzzò gli occhi e si diede alcuni colpetti sul petto.

«Franz, tutto questo è per te!» disse allora Martin.

«Sì» aggiunse Leo. «Non sappiamo quando andrai via, ma non ci siamo dimenticati. Tu compi gli anni il 22, no? Be', buon compleanno!»

«Auguri, auguri!» fecero in coro gli altri due.

«Ma no, ragazzi, non è giusto» protestò il capitano. «Dai, io vi lascio e voi mi fate una festa?»

Leo tirò su con il naso e sorrise all'amico.

«È vero, non te lo meriti» disse fingendo amarezza. «Non si lascia una squadra proprio sul più bello. Non quando deve affrontare la finale. Ma pazienza... Siamo bravi ragazzi, in fondo, e vogliamo perdonarti».

«Anzi, di più» aggiunse Martin. «Vogliamo darti dei regali!»

Prese dal proprio zaino una piccola scatola di cartone e la diede a Franz, sempre più incredulo.

Nella scatola c'erano tre buste da lettera, di carta spessa e gialla, tutte affrancate con francobolli della Germania Ovest. Erano anche intestate: avevano gli indirizzi dei tre amici del capitano.

«Forte!» esclamò questi.

«Così, appena vi avranno dato una nuova casa, potrai comunicarci il tuo indirizzo. Metti che non puoi telefonare...» spiegò Leo. «Sì, insomma, te ne vai ma comunque sei sempre parte della squadra, no?»

«Così ci farai sapere dove sei e potremo scriverti il risultato del torneo!» aggiunse Martin.

«Anche se per Martin, probabilmente dovrà scrivere Leo» intervenne Felix con un sogghigno. «Lo sai che non è capace».

«Ha parlato l'intelligentone!» fu la risposta piccata del piccolo Ritter.

«Grazie, amici! È davvero un'ottima idea. Ehi, ma c'è altro!»

Dalla scatola di cartone tirò fuori un quaderno con la copertina rigida, marmorizzata. Tra le pagine era ripiegato un fazzoletto. Aprì il quaderno e lesse ad alta voce l'intestazione: «*Regole e leggi del torneo di Kindheimplatz, agosto 1961, ideate da Franz Fuller*. No, dai... è fantastico, grazie!». Si mise a sfogliare le prime pagine. «Ehi, ci sono anche le partite! Con i risultati... e i goal!»

«Idea di Martin» concesse Felix.

«Ehi, lo dobbiamo a te, questo torneo, no?» intervenne Leo. «Ci sembrava giusto che...»

«Ma questo cos'è?» Franz aveva aperto il quaderno sul tessuto ripiegato. «No, dai. No, questo no!»

Sollevò l'involto e vide che non si trattava di un fazzoletto, ma di una fascia da braccio. Era in tessuto bianco e sopra c'era disegnato un bel numero 10, in nero.

«Quella è stata un'idea di Leo, invece» dichiarò Martin.

«La fascia...!» Franz era incredulo. «La fascia con il numero del capitano Rahn. *Der Boss*!»

Leo sorrise passandosi una mano tra i capelli. «*Der Boss*, esatto. Il capitano che ci ha fatto vincere i Mondiali. Volevamo dartela prima, insomma, ogni squadra deve avere un capitano e questo deve avere un segno per farsi riconoscere, no?»

«Ma io...»

«Be', anche se te ne vai,» continuò Leo «il nostro capitano sei tu».

Franz aprì la bocca per dire qualcosa, poi la richiuse. Scosse la testa e infine parlò.

«No, questo non posso accettarlo».

«Non dire cavolate» gli rispose Leo.

«No, sul serio. Non posso. Non sono il vostro capitano. Vi sto abbandonando».

«Non è colpa tua» intervenne Felix.

«Proprio così. Sappiamo che se le cose fossero diverse, non te ne andresti» aggiunse Martin.

Franz rimase in silenzio, con un'espressione amara in volto.

«Bravo, bella mossa» disse a un certo punto Leo. La sua voce conteneva una punta di rimprovero. «Questa potrebbe essere l'ultima volta che ci vediamo, e tu decidi di fare il broncio. Non solo, ci dici anche che non puoi accettare uno dei nostri regali. Bell'amico!»

«Leo, non fare così. Io...»

«Io cosa?»

«No, niente».

Franz si infilò piano la fascia sul braccio, poi se la sistemò in modo che il 10 si vedesse bene.

«Come sta?»

«Benissimo!» giudicò Martin mentre Felix annuiva. Aveva ancora la bocca piena e masticava con soddisfazione.

«Sì, è davvero una bella fascia» ammise Franz. «Va bene, la accetto. Però adesso dovete farmi una promessa».

«Ancora?» chiese Felix, con gli occhi al cielo.

«Sarebbe?» domandò Leo.

Franz rimase pensieroso per un istante, poi parlò piano, scegliendo le parole.

«Il torneo. Dovete promettermi di affrontarlo dando il massimo, dovete giocarlo al meglio delle vostre possibilità. E di restare uniti, sempre».

«Anche con Martin in squadra?» domandò Felix.

L'altro gli diede una gomitata.

«Siete i miei migliori amici, ragazzi» spiegò Franz. «E Leo ha ragione: questo torneo è importante, perché è nostro. Mi sento morire ad andar via, quindi vi chiedo quest'altro regalo: dovete giocarlo al massimo e vincerlo. Per me. Per noi. Giurate». I tre rimasero silenziosi e lui continuò. «In onore di *Der Boss*. Di quello che ci ha insegnato: non si molla mai, non si rinuncia, si gioca fino alla fine, dando tutto quello che si ha. Dando tutto per i compagni. Per la squadra, per la partita, per il gioco. Dovete giurarlo, avanti!»

«Lo giuro» disse Felix dopo aver inghiottito l'ultimo boccone.

«Sì, anche io, giuro» dichiarò Martin.

Leo guardò l'amico, gli sorrise. Sentì improvviso il desiderio di stringergli la mano. La tese e l'altro accolse il gesto.

«Te lo giuro, Franz».

Il capitano tenne stretta la mano di Leo e lo fissò, occhi

negli occhi. Poi, con un solo movimento, fece scorrere la fascia dal proprio braccio a quello dell'altro

«Ehi, che fai?»

«Questa è per te, adesso».

«Ma sei impazzito?»

Franz lasciò la mano di Leo e fece un passo indietro. Incrociò le braccia sul petto e sorrise.

«Ogni squadra deve avere un capitano» gli disse. «L'hai detto tu, no? Ed è giusto. E un capitano deve avere un segno per farsi riconoscere».

«Ma questa è la *tua* fascia!»

«E quindi io posso regalarla a te». Franz guardò gli altri due. «Come capitano posso scegliere il mio successore, no?» Martin annuì piano e si beccò un'occhiataccia da Leo. «Scelgo te, Leo. Io vado via, ma sarò sempre parte della squadra. Però, se non posso scendere in campo, tocca a te. Non temere, me la ridarai quando ci incontreremo ancora».

Cap. 4

JO L'AMERIKANER

Leo entrò deciso nel chiosco e si richiuse la porta alle spalle.

La voce del proprietario gli arrivava da oltre la porta a soffietto che chiudeva la zona vendita, segno che il signor Ritter stava parlando con qualche cliente.

L'edicola di Otto sorgeva nella metà occidentale di Kindheimplatz, ed era un punto di riferimento per il popolo di pendolari e per i ragazzi. Era poco più di una casupola, con le pareti di legno e il soffitto di lamiera che delimitavano lo spazio per la vendita, un piccolo magazzino sul retro e lo stanzino del proprietario. Questo era un bugigattolo, chiuso da una tenda di stoffa, in cui Otto aveva messo una macchina per il ciclostile. L'ingresso era sul retro e Otto Ritter aveva dato sia a Martin che a Leo una copia della chiave.

A Leo l'edicola piaceva. Gli spazi ristretti, l'odore della carta, le copertine delle riviste e i libri che il papà di Martin teneva sugli scaffali alti, erano ormai parte della sua vita e di quell'estate. Lavorare per Otto Ritter era un piacere, anche se impegnativo. E, ovviamente, il papà di Martin aveva capito l'importanza del torneo e così lasciava i due ragazzi liberi di giocare ogni volta che c'era una partita.

Leo appese la sacca di cuoio al gancio sulla parete e fece i tre passi verso la porta a soffietto. E si fermò.

Il signor Ritter stava ancora parlando, ma ora lo faceva a bassa voce: sussurrava.

Capitava che avesse scambi particolari con molti clienti ai quali, oltre ai giornali e alle riviste, consegnava spesso dei libri dalla sua riserva. Di solito si trattava di pendolari dell'Est. E quando avveniva parlava con tono circospetto. Non che avesse dei veri segreti. Otto Ritter insegnava a Leo tutto quello che sapeva sul gestire un'edicola e non passava giorno senza che lui imparasse qualcosa di nuovo. Ogni giorno, in Kindheimplatz, portava una novità.

Leo attese che i sussurri cessassero, lasciò passare un paio di secondi, si schiarì la voce e aprì la porta.

I pannelli di legno della porta a soffietto sbatacchiarono rumorosamente.

«Ah, Leo, ciao!» lo salutò il proprietario. «Tutto bene con la signora Meinard?»

C'era un libro, di fronte a lui, sul banco, e Leo lo riconobbe grazie alla lisa copertina smeraldo e ai caratteri dorati: *La Freccia Nera*.

Subito sotto il libro c'era una grossa scatola per sigari, ricoperta di stoffa verde. Leo conosceva quella scatola, l'aveva vista molte volte tra le mani di Otto Ritter. Sul coperchio era incollato il ritratto di una giovane donna, molto bella. Era la foto della mamma di Martin.

Leo non sapeva di sicuro cosa contenesse. Otto si limitava a chiudere il coperchio e assicurarlo con la linguetta di metallo della scatola. Di solito la teneva nel suo stanzino.

«Sì, ha pagato in contanti». Leo prese dalla tasca le banconote e le mise sul banco. «Quattordici marchi».

Otto stava compilando alcuni fogli di quello che doveva essere un registro con le informazioni di vendita e di prestito. Queste dovevano essere in un codice strano, perché a parte i titoli dei libri, c'erano solo gruppi di numeri. Leo non aveva mai chiesto cosa significassero.

«Bene, ma non c'era fretta».

«Lo so, gliel'ho detto, ma ha insistito».

Otto Ritter sorrise e le rughe sul suo volto disegnarono ragnatele increspate intorno agli occhi. Prese i soldi e li mise nel cassetto con gli incassi del giorno. Leo ne approfittò per gettare uno sguardo fuori, alla ricerca del misterioso cliente. La piazza era animata da una partita a calcio condotta da una dozzina di bambini, al ritmo di un forsennato rock 'n' roll gridato dalla radio di uno dei negozi. I piccoli si lanciavano la palla, gridavano, ridevano. A poca distanza dal chiosco c'era una ragazzina, alta più o meno come Martin, che camminava verso il campo da calcio.

Aveva qualcosa di familiare. Che fosse lei il misterioso cliente?

Proprio allora si voltò e il suo sguardo incontrò quello di Leo. Occhi azzurri, intensi e luminosi, lo inchiodarono con un'ondata di simpatia e curiosità. Leo si sentì avvampare sotto quello sguardo. Aprì la bocca, indietreggiò e sbatté contro la parete, mentre sul viso della ragazzina si dipingeva un sorrisetto stupito.

Fu allora che Leo la riconobbe: l'aveva vista il giorno prima, a bordo campo con Otto, mentre loro giocavano contro *I Baroni Rossi*.

«Martin mi dice che il vostro capitano è partito» disse il signor Ritter. «Franz è un bravo ragazzo, merita di crescere libero».

Leo distolse lo sguardo dalla piazza e dai suoi giochi, e si sedette su uno sgabello.

Annuì. Ma non voleva sentire parlare di "crescere libero". Quelli erano discorsi tipici degli adulti, quelli di suo padre, dei suoi insegnanti a scuola. Cose lontane, per le quali molte vite erano già cambiate. Non gli interessava. Quello che sapeva era che uno dei suoi migliori amici se n'era andato, perché i genitori avevano deciso così.

«È vero» rispose. «Il brutto di questa cosa, del fatto che siano scappati, è che nessuno poteva essere presente per salutarlo. Spero vada tutto bene, a lui e ai suoi».

«Sì, capisco» disse Otto. «Come farete con il torneo, ora?»

Leo cambiò posizione sullo sgabello e tornò a guardare

fuori. Improvvisamente l'edicola gli sembrò stretta e asfissiante.

«Non lo so, ma giocheremo lo stesso».

«È giusto. È proprio quello che dovreste fare. Non si molla mai».

Leo osservò il papà di Martin, cercando nel suo volto un'ombra di scherno, di ironia. Ma l'uomo non lo stava prendendo in giro. Era serio.

«No, mai. Esatto» disse Leo. «Ma sarà difficile. Credo che in finale ci troveremo la *7 Ottobre* e sarà dura batterli».

«Sono in gamba, è vero».

«Avranno quattro giocatori in campo. E hanno anche le riserve! E noi siamo solo in tre...»

«Ma uniti».

«Non basterà. Felix non potrà uscire troppo, altrimenti con il loro uomo in più ci infileranno di contropiede».

«È un bravo portiere».

«Sì, ma...»

Otto Ritter sorrise e gli mise una mano sulla spalla.

«Sei in gamba, la tattica del calcio la conosci bene: se resta in porta, la vostra inferiorità numerica sarà ancora più schiacciante: due contro quattro. Vi troverete pressati».

«E allora sarà solo questione di tempo».

La mano del signor Ritter si ritrasse.

«Chiunque altro ti direbbe di non prendertela, di dare il massimo e divertirti, che in fondo è solo un gioco. Ma io non lo farò» fece una pausa e Leo lesse franchezza sul volto dell'uomo. «So quanto sia importante e so perché lo fate».

«La piazza. Il campo...» cominciò Leo. Esitò, scelse le parole e poi riprese. «Dovrebbe essere di tutti. Ma alcuni ragazzi sono prepotenti. Come quelli della *7 Ottobre*. Se vincono loro, se controlleranno loro il campo grazie a questo torneo, allora gli altri non potranno più giocare come prima».

Otto annuì solennemente. Capiva perfettamente, Leo lo sapeva, ma questo non alleviava il senso di pesantezza che provava.

«Vedi, Leo, è giusto. È giusto battersi per quello in cui si crede, anche se si è solo in tre contro una squadra con le riserve. C'è un detto, forse lo conosci: "Se non puoi batterli, fatteli amici". È sbagliato. Non saprai se non puoi batterli, fino a quando non ci provi».

«Già, certo, e se poi vincono loro?»

«Ci saranno sempre altre piazze, altri campi. Vorrà dire che ricomincerete da un'altra parte».

Leo si passò una mano tra i capelli e studiò il volto dell'altro.

«Andarsene? Ma cos'ha la gente di questa città? Tutti non fanno altro che parlare di andarsene!»

Otto Ritter lo guardò con interesse.

«Sì, capisco come ti senti. Lascia che ti racconti una cosa. Molto tempo fa, all'epoca della Grande Guerra, mio padre lavorava per le ferrovie austriache, vicino al fronte con l'Italia. Non era felice di essere in guerra, ma faceva il suo lavoro con impegno. E inoltre non aveva alternative: la sua vita era stata decisa da altri, la strada tracciata. Non poteva fare diversamente, capisci? Ma non gli piaceva, si sentiva in trappola e, chiaramente, non poteva "batterli". Un giorno, la sua stazione, a Zelldorf, venne bombardata da un singolo aereo. Lui si salvò per miracolo: una bomba cadde di fronte ai suoi piedi e non esplose. Mio papà si allontanò in fretta, ovviamente. E solo quando fu in salvo, quella scoppiò».

«Dove vuole arrivare?»

«Te lo dico subito. Mio padre approfittò della confusione per andare via e mettersi in salvo. La guerra finì dopo poco tempo e lui lasciò l'Austria. Venne qui, in Germania, e cercò di vivere quanto più felicemente possibile. C'è una cosa che mi ha sempre detto: la vita è troppo preziosa per permettere agli altri di guidarla al posto tuo. È tua ed è giusto che la usi per cercare la felicità. Anche se dovesse voler dire lasciare la piazza e casa tua. Ecco perché molti se ne vanno, per vivere liberi e felici».

«Sì, lo so» rispose allora Leo. «Anche lei e Martin avete lasciato Berlino Est per l'Ovest. Ma è davvero meglio, ora? C'è davvero differenza?»

Otto Ritter si limitò a sorridere, ma non disse nulla.

Leo guardò la piazza. I bambini giocavano sotto gli

occhi divertiti dei passanti. Anche due *Vopos*, i poliziotti dell'Est li osservavano distrattamente. *Volkspolizei* era un nome troppo lungo e *duro* per qualcosa che si vedeva così spesso, e così i berlinesi si erano abituati a dar loro un soprannome corto.

«Non ha paura di essere arrestato?»

«No, Leo. Sono un pesce molto piccolo, per loro» rispose il signor Ritter, guardando nella sua stessa direzione.

«Ma scusi, prendere l'edicola proprio qui, sul confine... non è rischioso?»

«È proprio qui che mi serve» cominciò a dire l'altro. Poi qualcosa attirò la sua attenzione, in fondo alla piazza. «Oh, no. Questa non ci voleva».

Bastò uno sguardo, a Leo, per capire la natura dei guai.

«Jo l'Amerikaner» disse.

E Otto Ritter sospirò piano, senza smettere di guardare.

Jo l'Amerikaner era appena entrato in Kindheimplatz, con la sua banda di bulli: Marko, Dolf ed Emil, dai capelli sempre imbrillantinati. L'Amerikaner era il più alto, e anche in quella mattina di sole indossava il suo giaccone militare. Uno della banda gli diede di gomito e indicò il pallone di cuoio con cui giocavano i bambini nel campetto. Leo vide la banda varcare la linea bianca e interrompere la partita. Il capo aveva le mani ficcate in tasca, mentre gli altri sghignazzavano come iene.

«Le vacanze estive sono un momento difficile per quelle

teste calde» commentò Otto. «Hanno troppo tempo libero e nessuno che li controlli».

L'Amerikaner rubò il pallone a uno dei bambini e lo passò alla sua banda. I piccoli accennarono qualche protesta, ma i bulli li tennero a distanza.

«Succederà questo se vincono quelli della *7 Ottobre*» dichiarò ancora Leo. «Saranno i prepotenti a decidere chi potrà giocare e chi no. Non è giusto!»

«Herbert Mann non è un bullo come l'Amerikaner. Certo, non è simpatico ma... non è poi così cattivo».

E a sottolineare le parole di Otto, nel campetto avvenne l'inevitabile. I bulli si stavano passando la palla, lanciandosela ben oltre la testa dei bambini. Uno di questi, però, dovette averne abbastanza, perché si fece sotto e urtò il capo della banda per cercare di prendergli il pallone.

Jo l'Amerikaner rispose con uno spintone che buttò il piccolo a terra.

Sotto gli occhi di Leo, successe allora qualcosa di sbalorditivo. Da un lato del campo entrò, veloce e senza paura, la ragazzina di poco prima, la cliente di Otto: pugni stretti, testa bassa e occhi che sprizzavano scintille. Si piazzò con le mani sui fianchi di fronte ai bulli, mentre i bambini si ritiravano di lato. Era piccola, in confronto ai ragazzi della banda, con un vestitino chiaro che stonava con il carattere che stava dimostrando. Era facile immaginare cosa stesse accadendo: li stava rimproverando.

Jo l'Amerikaner tenne la palla sollevata sopra la testa e rise in faccia alla ragazzina: il suono della sua risata giunse fino all'edicola, sgradevole e aspro. Quando gli altri le si disposero intorno, quasi circondandola, Leo uscì dal chiosco.

«Sta' attento!» gli gridò il signor Ritter. «Quella non è gente con cui scherzare!»

I quattro bulli erano più grandi di Leo. Sicuramente tutti intorno ai sedici anni, se non di più. E gli apparvero quasi enormi, non appena fu loro vicino.

"Non posso batterli" si disse Leo mentre rallentava il passo.

«Che cosa volete fare, eh?» chiese la ragazzina guardando Jo dritto in faccia.

«E a te, che te ne importa? Corri a casa dalla mamma, prima di farti male».

«Provaci, bellimbusto!» insistette la ragazza.

Nel frattempo Leo era arrivato vicino al gruppetto. Gli scagnozzi dell'Amerikaner lo squadrarono dalla testa ai piedi.

«Ehi, capo» disse Emil, sistemandosi il ciuffo unto. «Ce n'è un altro. Me ne occupo io?»

"Se non puoi batterli..." la voce di Otto Ritter rimbombava nella mente di Leo. Scosse la testa, con forza.

«Che c'è, tappo?» gli chiese quindi Emil.

Leo si trovò a guardare prima il bullo dai capelli imbrillantinati, poi Jo l'Amerikaner. Questi aveva uno sguardo da duro, con occhi freddi e scuri. Il viso era incorniciato da due basettoni di folti capelli biondi.

«Vattene, mostriciattolo. Non è affar tuo» disse il capo dei bulli. «Ah, aspetta... mio cugino mi ha parlato di te. Tu sei l'amico di quello che ha inventato quello stupido torneo! Lo sai che la tua squadra di bimbetti non ha speranze, vero? Perderete. E allora abituati all'idea, e fatti da parte subito».

Leo fece per rispondere per le rime, ma la ragazzina si voltò a guardarlo.

"È... è bella" si sorprese a pensare Leo.

Lei gli sorrise e Leo ebbe improvvisamente paura che gli avesse letto nel pensiero. Poi il momento passò.

«Avanti, fateli sparire e giochiamo» ordinò l'Amerikaner.

«No!» protestò Leo, cercando di dare forza al suo desiderio di giustizia.

La ragazzina fece un passo in avanti, con posa bellicosa.

«Lasciate il pallone a quei bambini e fatevi da parte!» disse.

I bulli sghignazzarono.

«Ehi, capo. Hai sentito?» chiese Emil mentre i suoi compagni si sbellicavano dalle risate. «Hai sentito cosa ha detto questa?»

«Ho sentito» rispose l'Amerikaner.

Non disse altro e le risate si spensero. Leo si ritrovò con la gola secca, incerto sul da farsi. Si stava mettendo molto male e improvvisamente si rese conto di non sapere nemmeno perché fosse uscito di gran carriera dall'edicola. Era stata una mossa molto stupida.

«Filate, mostriciattoli» disse ancora il capo della banda, mettendosi uno stecchino in bocca. «Andatevene subito e non vi succederà niente».

«Questa non è la vostra piazza!» sbottò Leo. «Non siete voi che comandate, qui».

Gli occhi dell'Amerikaner lampeggiarono. «Adesso sì!» disse alzando un braccio e caricando un pugno.

Leo non sapeva quanto sarebbe riuscito a durare in una rissa contro Jo. Pochissimo, di sicuro. Ancora meno se si fossero gettati nella lotta anche i suoi sgherri. Per fortuna non dovette scoprirlo.

La ragazzina superò Leo e colpì l'Amerikaner al petto, con entrambe le mani strette a pugno.

«Prepotenti!» gridò mentre la palla sfuggiva alla presa dell'altro e rimbalzava per terra.

Ci fu un istante di silenzio imbarazzato. Poi il capo dei bulli reagì. Prese la sua assalitrice per un braccio, se la tirò via di dosso e la fece cadere.

«Ahi!» gridò lei. La banda scoppiò a ridere.

Leo si sentì avvampare. «Adesso basta!» urlò sollevando i pugni. «Te la prendi con le ragazze?»

«Se vuoi me la prendo con te, mostriciattolo!» gli rispose l'altro.

Jo l'Amerikaner si tirò su le maniche del giaccone. Leo non aveva mai fatto davvero a pugni contro un avversario vero. Le scazzottate scherzose con Martin non contavano. Pensò a tutto quello che sapeva sulla boxe e sulla lotta. Cominciò a muoversi di lato, cercando di trovare un varco per colpire.

«Fallo a pezzi, capo!» incitò Emil.

Jo fece un ghigno cattivo.

«Siete solo dei palloni gonfiati!» ringhiò la ragazzina mentre si metteva in piedi.

Jo le puntò un dito contro. «Appena ho finito con il tuo amichetto, tocca a te!»

«Lasciala stare!» gridò Leo. «Sei un vigliacco!»

«Dimmi un po', mostriciattolo, chi è? La tua ragazza?»

«La pagherai» ringhiò Leo.

Ma Jo era grosso una volta e mezza lui e, sicuramente, più esperto nella lotta.

"Non ce la farò" comprese in quel momento. E tutto divenne più facile. "Be', se non posso batterli... almeno lotterò fino alla fine. E non mollerò mai".

«Codardi!» urlò quindi la ragazzina. «Vi sfidiamo!»

Si lanciò in mezzo ai due avversari e sollevò ciò che teneva con entrambe le mani. Era il logoro pallone della piazza.

«Che ne dite, ce l'avete il fegato di affrontarci?»

«Ma sei pazza? Sono in quattro non abbiamo speranza!»

Leo parlava con tono concitato, poco distante da Jo

l'Amerikaner e i suoi. La piazza non aveva interrotto per un solo istante la sua vita. La musica continuava a levarsi, i negozi erano aperti e le auto si muovevano lungo il perimetro del lato occidentale.

La ragazzina gli si avvicinò tenendo la testa bassa.

«Puoi sempre tornare da lui e farti fare a polpette, se preferisci». Lo guardò da sotto e sorrise con aria furbesca. Gli tese la mano. «E comunque io mi chiamo Hanna».

«Sì, be', piacere». Leo le strinse la mano, sperando che Hanna non si accorgesse di quanto la sua fosse improvvisamente sudata. «Leo».

«Allora, piccioncini!» sbraitò Jo. «Avete finito con le smancerie? Vi trovate altri due giocatori?»

«Bastiamo noi» rispose Hanna.

«Cosa?»

«Zitto, Leo».

L'Amerikaner e i suoi si guardarono strabuzzando gli occhi e poi scoppiarono a ridere.

«Ridete quanto vi pare» fece lei. Leo non capiva dove volesse andare a parare. Le si avvicinò guardandola incredulo. «La sfida è ai tre goal. Ma si fa tirando in porta. Ai rigori!» dichiarò Hanna. Poi puntò un dito contro l'Amerikaner. «Tu, scegliti un compagno!»

Leo cominciò a capire. Sul piano fisico, i bulli li avrebbero distrutti. Così, invece, qualche possibilità ce l'avevano. L'idea della ragazza non era poi tanto male.

«E toglietevi le giacche» disse quindi il ragazzo. «Dobbiamo fare la porta».

Leo non attese e si diresse verso il fondo del campo. A grandi passi misurò l'ampiezza che avrebbe dovuto avere la porta, poi si voltò a guardare i bulli.

L'Amerikaner fece una smorfia e schioccò le dita. «Avanti, via le giacche. Mettetele lì, faranno i pali».

«Emil, tu no. Tu sei con me in squadra».

«Sì, capo».

Gli altri due, intanto, dopo aver messo le giacche a terra, misuravano a falcate la distanza del dischetto dalla porta.

«... sei, sette, otto, nove, dieci e undici!»

Jo si recò da Hanna e le prese la palla di mano, mentre Leo tornava.

«Sei furba, ma non ti servirà a niente» le sibilò l'Amerikaner. «Quando avremo finito con voi vi cacceremo a calci dalla piazza, mi hai sentito?»

Si voltò verso la banda.

«Cominciamo noi!» esclamò.

«Paro io» dichiarò Hanna. «L'idea è stata mia, in fondo».

Leo non rispose e la vide andare a mettersi in porta. I bulli applaudirono per prenderla in giro.

La sfida stava per cominciare.

Cap. 5

I RIGORI

Leo si mise a bordo campo, vicino a Dolf, Marko ed Emil. Il loro capo era pronto a tirare.

«Avanti!» incitò Emil. «Avanti, è solo una ragazzina, falla fuori!»

L'Amerikaner lo zittì con uno sguardo.

Leo studiò la sua temporanea compagna di squadra. Era piegata in avanti, minuscola con il suo vestitino chiaro e le ginocchia ossute. Aveva i capelli raccolti in una treccia e il viso lentigginoso congelato in un'espressione concentrata. Muoveva veloci le dita, come se stesse suonando un piano, in attesa di lanciarsi nella parata.

Era in gamba, Leo dovette ammetterlo. Non era come altre ragazzine, attente a non farsi male o sporcarsi, Hanna sembrava davvero mettere tutta se stessa in quello che faceva. Si scoprì a chiedersi come corresse. Era anche resistente?

Intorno al campo si erano radunati degli spettatori, assistevano alla sfida e commentavano. C'erano alcuni passanti, ma anche i bambini che erano stati cacciati dai bulli.

«Ecco che arriva!» annunciò Jo l'Amerikaner.

Sogghignò sollevando il bavero del giaccone e prese la

rincorsa. Leo lo vide mettere forza nel tiro, dandosi spinta con le gambe. La palla venne calciata con potenza.

Hanna si mosse per parare, il tiro era alto e quindi sollevò le mani. La sfera passò sopra le sue dita tese.

Mezzo metro più in alto.

«Goal!» gridò l'Amerikaner con un braccio alzato.

«Alta! Era alta!» protestò Hanna.

«Goal, goal! Era goal!» dichiararono in coro i bulli.

Emil si portò di fronte ad Hanna.

«Sei tu che sei bassa. E non hai nemmeno saltato! Era goal!»

Leo raggiunse la porta.

«No, era alto!» disse sollevando una mano a indicare il punto in cui a suo avviso avrebbe dovuto trovarsi la traversa della porta irregolare.

Ma gli altri non cedettero. Jo l'Amerikaner li raggiunse camminando piano, con il volto diviso da un sorriso da rettile.

«Il tiro era valido: è goal».

«No, che non lo è!» Hanna gli si piantò davanti, per nulla intimorita dal fatto che l'altro fosse più alto e più grosso.

«E invece sì. Sei tu che sei un microbo. Che ci fai qui? Perché non vai a giocare con le bambole?»

«Vuoi un calcio?» rispose lei, combattiva più che mai.

«La porta termina un braccio sopra la testa del giocatore» spiegò Leo. Alzò di nuovo il braccio per indicare il punto. «Sono le regole del torneo. Il tuo tiro era alto».

L'Amerikaner alzò il proprio braccio e fissò Leo in volto con sguardo soddisfatto.

«Per noi la traversa è qui. Come vedi, il tiro era valido: dovreste cambiare le regole del vostro stupido torneo e mettere la parola "bambino" al posto di giocatore. Ma forse è colpa nostra, siamo abituati ad avere a che fare con gli uomini, non con i mocciosi».

«Non vale» si lamentò Hanna. «Non è giusto!»

«Volete rinunciare?»

«Sì, dai, lasciate perdere!» li canzonò Emil. «E andate a piangere dalla mammina!»

Hanna fece per saltargli addosso, ma Leo la trattenne per le braccia.

«E va bene» concesse lui. «Quel goal era valido. Andiamo avanti».

Hanna si voltò. «Adesso lo faranno ancora!»

«Possiamo farcela» cercò di rincuorarla Leo.

La verità era che nemmeno lui sapeva se ce l'avrebbero fatta davvero.

Lei strinse le labbra. «Adesso tiro io!» disse la ragazza. E prese il pallone.

Nel gruppetto di curiosi a bordo campo, qualcuno batté le mani. Leo vide che oltre ad alcuni passanti, ora c'era anche Otto Ritter.

Il papà di Martin gli sorrise, poi tornò a guardare Hanna che si preparava a battere il rigore. In porta, l'Amerikaner stava a braccia larghe come un pistolero prima di un duello. I ragazzi della sua banda lo incitavano e sparavano battute.

Hanna si sistemò la treccia, guardò verso Leo e gli fece l'occhiolino.

«Dai, coraggio!» le gridò lui.

Lei arretrò di alcuni passi. Si inginocchiò per risollevare una calza calata sulla caviglia magra e poi si concentrò per il tiro.

Fu allora che l'Amerikaner spalancò le braccia. Le sue mani sembravano raggiungere le linee immaginarie dei pali.

Hanna partì di corsa verso il pallone. Alzò il braccio sinistro per bilanciarsi e fece una cosa che lasciò di stucco Leo: una finta con la spalla. L'Amerikaner abboccò e Leo lo vide spostarsi di colpo a sinistra.

Poi venne il calcio, con il piede che colpì il pallone senza quasi far rumore e la sfera che si sollevò velocissima. La palla parve andare verso sinistra, quasi tra le braccia del portiere, per poi compiere una strana curva a destra, alzandosi ancora di più: un tiro a effetto!

Jo l'Amerikaner lo vide passare oltre la spalla, e non poté far nulla per impedirlo.

Goal: uno pari.

Hanna era stata bravissima e Leo era senza parole.

«Avanti, tappo» gli disse Emil dandogli una gomitata. «Tocca a noi. Cercherò di non farti troppo male».

Leo si mise in posa per parare, cercando di ripetere i

movimenti che aveva visto fare a Felix decine di volte. Andò con la memoria a tutte le partite viste nei cinegiornali o alla televisione dei Fischer, quando sua mamma gli permetteva di andare in casa dei vicini più ricchi. I portieri impegnati nei rigori gli erano sempre sembrati eroici, certo, ma mai quanto il giocatore che doveva sferrare il calcio. Quello era il suo ruolo, ma ora...

Si strofinò le mani, chiusi i pugni e li riaprì.

«Ci sei, tappo?» Emil era pronto a calciare.

Leo misurò con lo sguardo la distanza: undici passi di terreno dissestato e catrame vecchio. Poi notò che il bullo si era messo leggermente a sinistra della palla, alcuni passi più indietro. Emil si sistemò il ciuffo imbrillantinato.

Con la destra. Possibile che...?

E all'improvviso Emil corse in avanti, caricò il colpo e calciò. La palla lasciò il terreno e volò veloce verso la porta. Verso la metà sinistra della porta, esattamente lungo la direzione in cui si era mosso Emil durante la rincorsa: Leo aveva visto giusto!

Si spostò rapido, ma forse non abbastanza. In un lampo, Leo prese una decisione: si tuffò a braccia tese.

Il pallone lo colpì forte sui polsi e volò via. In alto e lontano dalla porta.

«Nooo!!!» gridò l'Amerikaner.

«Sì!» gli fece eco Hanna.

Leo si rialzò da terra mentre la ragazzina gli correva

incontro. Aveva picchiato un fianco, si era sbucciato un ginocchio. I polsi gli facevano malissimo per la forza del tiro, ma non importava. Aveva parato il primo rigore. E mentre il capo dei bulli strigliava Emil di fronte a tutti, si ritrovò a guardare in viso Hanna, con le sue lentiggini e la piccola bocca aperta in un sorriso.

«Ce l'hai fatta, Leo! Ottima parata!»

«Basta cantare vittoria, voi due!» disse Emil mentre veniva verso la porta.

Aveva la testa bassa e un'espressione cattiva in volto, ma Leo notò che quella di Jo l'Amerikaner era molto peggio.

«Va bene, possiamo farcela» disse alla ragazzina.

Hanna annuì. «Fatti valere».

A ruoli invertiti, Leo si sentiva molto meglio. La porta era il suo obiettivo di sempre; il pallone, il suo alleato. In alto, aveva il cielo. Sollevò lo sguardo e respirò a fondo. Su di un manto azzurro erano dipinti sbuffi bianchi, veli di vapore, piccole nuvole che correvano veloci. Leo vi vide un cane in corsa, una mano, una spada levata.

«Muoviamoci!» gli urlò Emil dalla porta. «Avanti, ti faccio vedere io come si para!»

Leo abbassò lo sguardo sul bullo e sorrise. Poi guardò i compagni di questi. Marko e Dolf apparivano preoccupati, mentre l'Amerikaner sembrava nero e livido. Hanna si mordeva le unghie.

Indietreggiò contando tre passi e facendo attenzione a

muoversi solo in linea retta. Non perse tempo a pensare. Si lasciò guidare dall'istinto. Scattò in avanti, raggiunse la palla e le sferrò un calcio. La prese bene, con precisione.

La sfera partì rasoterra verso destra, velocissima. Emil accennò a spostarsi per intercettarla, ma non si tuffò. Il pallone toccò il suolo in prossimità della linea di gesso e volò via con un sibilo. Imprendibile.

Due a uno!

I bulli urlarono per disperazione. Emil rimase stupito a guardare la palla, mentre Jo gli urlava contro.

«Incompetente! Stupido! Cosa credevi di fare?»

Leo si voltò a cercare Hanna e la vide arrivare di corsa. Le sorrise e la ragazza lo abbracciò. Leo rimase stupito dal contatto con il corpo di lei, dalla sensazione delle sue braccia, della sua guancia contro la propria. E poi, come era cominciato, l'abbraccio svanì. Hanna si ritrasse, palesemente in imbarazzo.

«Bravo! Ottimo tiro».

«Ehm, grazie».

«Forza, tocca a me!» li avvisò l'Amerikaner. «Chi para di voi, mostriciattoli?»

«Vado ancora io, questa volta» disse Leo, ma prima che potesse andare in porta, lei gli mise una mano sul braccio.

«Sei stato molto coraggioso a schierarti al mio fianco. Grazie per avermi difesa».

Leo non seppe cosa rispondere.

«In bocca al lupo!» disse quindi Hanna, e andò a mettersi di fianco alla porta, dalla parte opposta rispetto ai bulli.

I bulli erano in svantaggio di un goal, se Jo avesse sbagliato anche questo, e se Leo o Hanna avessero segnato nel rigore successivo, la banda avrebbe perso. Di fronte a così tanta gente sarebbe stata costretta ad abbandonare Kindheimplatz e a non interferire.

Leo vide tutto questo negli occhi di Jo. E vide anche la determinazione a non lasciare che tutto ciò accadesse. Anche il pubblico sembrava essersene reso conto: i bambini erano attenti e un numero sempre maggiore di persone assisteva alla gara. C'erano mamme con i figli, uomini con la giacca sulla spalla, alcuni operai dal lato est e anche un paio di agenti della *Volkspolizei*, che osservavano divertiti.

Il signor Ritter si era spostato vicino alla porta, sempre nel lato occidentale della piazza.

Jo l'Amerikaner andò a piazzare la palla, senza alcuna sceneggiata. Niente sorrisi o maniche sollevate, solo fiera determinazione.

«Forza, Leo!» gli gridò Hanna battendo le mani.

Lui le rivolse un rapido sorriso e tornò a concentrarsi sul bullo. Leo aveva deciso di parare, invertendo i turni, per difendere Hanna e per aver maggiori possibilità contro Jo, essendo più alto di lei. Tuttavia, sarebbe stato un tiro difficile, lo sapeva.

E così avvenne. L'Amerikaner prese una breve rincorsa

e si lanciò in avanti. Colpì con meno forza di quanto Leo si aspettasse, ma la palla si alzò in un pallonetto.

Alta, ancora alta, proprio come l'altro tiro. Leo, però, non volle lasciare nulla di intentato. Saltò e con la mano destra tesa cercò di bloccare il pallone. Ma la sfera sfilò ben oltre le sue dita.

«Sì!» gridò Emil mentre Jo rimaneva a osservare la porta con una smorfia da lupo.

«È alta!» gridò Hanna. «È alta, non vale!»

Leo fece per protestare ma l'Amerikaner gli puntò un dito contro:

«Non osare dir nulla, è un tiro valido, te l'ho già detto: siete voi che siete bassi!».

«No, era alto, anche per la vostra misura» disse una voce da bordo campo. Era quella di Otto Ritter.

Molti tra gli spettatori mormorarono il proprio assenso.

«E tu chi sei, cosa vuoi?» lo apostrofò l'Amerikaner.

«Tutti mi conoscono, qui. Ho visto tutte le partite del torneo della piazza e ti dirò di più, penso proprio che chi gioca in questo campo abbia bisogno di un arbitro. Farò l'arbitro per la finale, se le due squadre sono d'accordo. E penso che comincerò ad arbitrare proprio da oggi, anche se questa vostra piccola sfida non c'entra con la gara onesta di questi ragazzi. Avanti, palla al centro!»

Gli spettatori applaudirono, ma i bulli di Jo l'Amerikaner non furono contenti.

«Eh, no, questo no!» protestò il capo della banda. «Tu sei come minimo dalla loro parte!»

«Il signor Ritter è imparziale!» scattò Leo.

«Certo, come no...»

«Lo sono» rispose il papà di Martin. «E ti dico una cosa: capisco bene che l'idea di avere un arbitro possa darvi fastidio. Ma qui vi state giocando qualcosa di importante, da quello che mi è dato capire».

Fece una pausa, durante la quale Hanna annuì.

«Non vogliono far giocare noi!» protestò uno dei bambini più piccoli.

«Per dimostrarti la mia buona fede e la mia imparzialità,» riprese Otto «vi offro un'occasione unica: potrai battere ancora quel rigore. Ma questa volta controllerò io stesso l'altezza del tiro».

Leo si sentì tradito. Si aspettava che il signor Ritter, come arbitro, fosse un vantaggio. E invece dovette ammettere che il papà di Martin prendeva molto sul serio la faccenda dell'imparzialità. Si ritrovò a guardarlo negli occhi.

«A voi va bene, Leo?» chiese l'uomo.

Lui e Hanna risposero di sì.

«Molto bene, allora» dichiarò l'Amerikaner. «Staremo a vedere!»

Emil riportò la palla al suo capo e tornò al proprio posto. Leo osservò con la gola secca il bullo che sistemava il pallone per terra.

Jo l'Amerikaner lo guardò con gli occhi stretti e arretrò di quattro passi.

Leo sentì su di sé lo sguardo di tutti. Notò che addirittura i due *Vopos* del lato orientale stavano osservando il calcio di rigore.

Otto Ritter sollevò il braccio destro e poi lo abbassò: era il segnale per il tiro.

L'Amerikaner percorse rapido lo spazio che lo separava dal pallone e... lasciò partire una vera cannonata. La palla sfrecciò a velocità impressionante, leggermente sulla destra. Leo uscì dallo specchio della porta, protendendo le mani verso la sfera.

L'impatto fu doloroso. Leo si rese conto di aver commesso un errore gravissimo: non aveva chiuso le mani a pugno, l'unico modo per parare un colpo di quella forza. E infatti accadde il peggio: la palla gli spinse le braccia indietro, trovò un varco tra i polsi e sgusciò via. Gli sbatté in faccia e rimbalzò dietro di lui, facendolo barcollare.

Era goal e i bulli gridarono la propria gioia.

Jo lasciò il dischetto del rigore. Hanna e Leo ci andarono insieme.

«Va bene, possiamo ancora farcela» disse la ragazza. «Siamo due pari. E almeno adesso avremo un arbitro vero».

«Già» convenne Leo massaggiandosi una guancia. La pallonata gli bruciava, tanto dentro, quanto in viso. «Te la senti di tirare?»

«Sì».

Lei gli mise velocemente una mano sulla spalla e se ne andò.

Emil misurò l'ampiezza della porta, risistemò una delle giacche che facevano da palo e si mise sulla linea bianca.

Leo vide Hanna che fissava il bullo.

La ragazzina indietreggiò di pochi passi e strofinò per terra la suola della scarpa destra.

«Avanti, Emil!» gridò l'Amerikaner. «Ormai li abbiamo in pugno!»

Il bullo non rispose, concentrato e teso, aveva occhi solo per Hanna.

Otto Ritter alzò la mano, attese qualche secondo e la fece ricadere con un movimento secco.

Hanna scattò in avanti.

Appena prima del pallone, pestò forte per terra con il piede sinistro, rallentando un pelo la corsa e dando a Emil l'impressione di cambiare direzione. Poi fece l'ultimo passo e colpì la sfera. Il bullo aveva abboccato: Leo lo vide buttarsi a sinistra, pronto a intercettare un tiro che non sarebbe mai arrivato.

Mentre Emil si accasciava per terra da una parte, il pallone infilava la porta dall'altra.

Hanna era stata bravissima!

Erano tre a due per Leo e Hanna. Toccava alla ragazza cercare di parare, ed Emil avrebbe calciato il rigore.

Mentre i due prendevano posto, Leo realizzò quanto si sentisse felice in quel momento, nonostante il dolore al viso. Quel campetto, quella piazza, quel pallone logoro con il cuoio tutto rigato e spellato, erano per lui molto più importanti, in quel momento, di tantissime altre cose.

Addirittura la sensazione della maglia sudata sulla schiena era gradevole.

Era felice di poter giocare, di poter dare il tutto per tutto per la vittoria. Non sapeva cosa sarebbe successo dopo quella sfida. Se avessero perso, la vita sarebbe stata un inferno, con i bulli che l'avrebbero perseguitato e umiliato ogni volta che li avesse incontrati. Probabilmente presto si sarebbero stancati di Kindheimplatz e avrebbero cercato altri passatempi e lui avrebbe avuto sempre l'amicizia di Martin e Felix. Forse anche di Hanna. Se invece avessero vinto, quasi certamente l'Amerikaner e i suoi gliel'avrebbero fatta pagare in altro modo.

Ma non gli importava. Quello che contava per lui era il presente: il cielo, le nuvole, il pallone a terra e l'emozione del goal. O della parata. Come quella che si apprestava a tentare Hanna.

Leo osservò la ragazza, in posa sulla linea di gesso della porta. Le dita che si muovevano nervose, la treccia che le pendeva sul collo.

Ancora una volta, la trovò bella e se ne sorprese.

Otto Ritter diede il segnale ed Emil partì in corsa. Il bullo sbuffò e ringhiò come una locomotiva, poi colpì il pallone con la punta della scarpa.

Il tiro era forte. E centrale.

Hanna scattò in avanti di un passo, intercettò il pallone con il corpo e vi chiuse sopra le braccia sottili.

Ma il calcio era stato molto potente e Leo vide con orrore la ragazzina che perdeva l'equilibrio, spinta indietro dalla forza del tiro.

Hanna cadde per terra e rimase seduta, a occhi chiusi. Un palmo al di qua della riga di fondo del campo, mentre l'orlo del vestito lambiva la linea bianca. Poi aprì prima un occhio, per vedere cosa fosse successo, quindi l'altro e gridò di gioia stringendo il pallone.

Il punteggio era tre a due: avevano vinto.

A Leo parve che l'intera piazza esplodesse in grida di giubilo, risate e applausi. Gli sembrò di essere al centro del Wankdorf Stadium alla fine dei Mondiali, come se anche lui avesse compiuto il Miracolo di Berna e avesse battuto i terribili ungheresi. Ed era davvero un miracolo, quello che lui e Hanna avevano appena realizzato. La ragazza era davvero in gamba, una giocatrice nata.

Alzò il viso al cielo e sorrise. Gli era appena venuta un'idea folle.

Cap. 6

GIOCO DI SQUADRA

Era giovedì pomeriggio.

Il cielo era coperto da una coltre grigia e monotona, che sembrava pesare anche sull'umore. E faceva caldo, in modo fastidioso.

Leo, Martin e Felix camminavano lungo la Flughafenstraße. I due amici erano andati a prendere Felix all'officina dove lavorava. L'avevano trovato alle prese con un sidecar che doveva risalire ai tempi della guerra. Felix non li aveva degnati di uno sguardo, anche se loro lo avevano chiamato a gran voce e il suo orario era finito da quasi venti minuti. Erano riusciti a distoglierlo da quella bellezza di tela e metallo solo quando Martin aveva preso a saltargli letteralmente sulla schiena.

«Leo, domani sera... Puoi, allora?» domandò il portiere della *Neukölln*.

«Sì. Ho chiesto alla mamma, dice che per lei va bene, ma solo se mi venite a prendere e riportare in auto voi».

«Certo! Saremo da te per le otto. Papà dice che è meglio muoversi prima, per andare a Est. Non ci sono molti controlli, ma non vuole arrivare tardi».

«Nessun problema. Non credevo che ti piacesse il teatro» si informò Leo.

Felix rimuginò sulla domanda per il tempo di qualche passo.

«Eh, no. In realtà non mi piace. Ma papà deve andarci. Per lavoro, sai. Alla radio dove lavora dicono che sarà un evento importante e deve esserci. E vuole che ci sia anch'io...»

Martin si diede una manata sulla fronte.

«Fammi parlare con tuo papà, zuccone» disse lanciando un'occhiata obliqua all'amico. «Se ancora non ha capito che nella tua testa non può entrare nulla che non siano cibo e motori, qualcuno deve dirglielo!»

«Ci vuoi venire tu, Martin?»

«Per favore, no! Due ore a guardare gente in calzamaglia? Neanche per sogno!»

«Ci vengo io, Felix. Davvero».

Leo non era sicuro che lo spettacolo potesse piacergli, ma Felix gli aveva chiesto di accompagnarlo. E non avrebbe certo abbandonato l'amico.

«Mi salvi la vita, Leo. Non oso immaginare che noia, altrimenti!»

Leo sorrise. «Vedremo un po' della zona Est?»

«Sì, qualcosa» rispose Felix. «In realtà il teatro non è lontano. Però ci fanno fare un percorso preciso. Per controllarci, dice papà. Sai, ci saranno militari Alleati e anche dei politici. Sarà una serata speciale».

Anche con quelle nuvole pesanti, passeggiare con i suoi amici era per Leo un vero piacere. Felix non riusciva a stare zitto un attimo.

«Hengist dice che quel sidecar ne ha viste di tutti i colori. Pare sia stato in Africa e poi in Italia, l'hanno anche usato in Cecoslovacchia e in Polonia. Ma ci pensate? Ha centinaia di migliaia di chilometri di vita: è uno Zündapp KS750...» Felix parlava con aria sognante, le grandi mani ancora sporche di grasso e gli occhi al cielo. «Sapete, il proprietario sta pensando di disfarsene. Forse lo lascia a noi!»

«All'officina?» s'informò Leo.

«Esatto!»

«Ma scusate, voi non volete proprio parlare di quello che ha combinato Leo?» chiese Martin con tono indispettito.

«Non ho fatto niente di male, io!» si difese lui. Poi tornò a parlare con Felix. «Hengist ti ha detto cosa vuole farne?»

«Ah, questa è la cosa forte». Felix si fermò e mise le mani sulle spalle dell'amico. Leo non fece caso alle macchie di grasso che gli stava lasciando sulla maglia. «Lo lascia a me, se lo voglio riparare!»

Leo vide la gioia sul viso di Felix. «Fantastico!» gli disse.

«Oh, sì! Sarà meraviglioso».

I due ripresero a camminare e raggiunsero Martin, che non si era neanche fermato. Nessuno faceva caso ai tre ragazzini, Berlino Ovest era indaffarata e piena di vita come sempre. Per una volta, Leo notò come fosse Felix a camminare guardando il cielo, la sua espressione sognante era bellissima a vedersi.

La via era gremita di auto posteggiate lungo i marciapiedi e i bar avevano i tavolini esterni pieni di persone che bevevano una bibita, facevano uno spuntino o si gustavano il pomeriggio libero. C'era aria di vacanza, come se quel pomeriggio potesse durare per sempre.

«E ce la posso fare!» riprese Felix. «Devo solo sistemare l'albero motore, riparare il paraolio, sostituire la frizione e alcuni fusibili. Mi serve una forcella nuova e devo capire cos'abbia che non va il carburatore. Poi dovrò darmi da fare anche sull'impianto elettrico e il serbatoio».

«Proprio una passeggiata, eh?» chiese Martin ironico.

«Eh, non proprio» gli rispose Felix. «C'è anche da riportare a nuovo il contachilometri e la marmitta. Potrebbe volerci un bel po', in effetti».

Leo diede una pacca sulle spalle dell'amico. «Se c'è qualcuno che ce la può fare, quello sei tu!» gli disse.

«Più che altro ci vorrebbe un miracolo» commentò Martin. «Sembra proprio un'idea folle».

«Un giorno ci salirò in sella e partirò. Andrò fino in Mongolia e poi giù, a vedere l'Everest. È la montagna più alta del mondo, sapete? E magari arriverò anche in Africa» disse Felix, con un sorriso incantato. «È il mio sogno. Non l'avevo mai detto a nessuno. E voi? Cosa vorreste fare da grandi?»

«Ah, io sarò un agente segreto» rispose Martin. «Oppure andrò in America a fare l'astronauta».

«E tu, Leo?»

«Non lo so» rispose. «Non ho ancora deciso».

«Secondo me diventerai un giocatore della nazionale» rispose Felix. «Oppure un pittore, o uno scultore! Caspita, vedi sempre delle cose nelle nuvole, è un talento da artista! E poi ci sono i tuoi modellini, gli aerei che costruisci e dipingi sembrano veri!»

«Mi sembra davvero una cosa folle» sentenziò Martin. «Fare l'artista, ah! Che gusto c'è?»

«A volte le idee folli sono le migliori» rispose Leo.

Non aveva mai pensato a se stesso come a un pittore. Come un calciatore sì, certo. Ma non voleva darla vinta a Martin.

«Ah, ecco. Proprio a questo volevo arrivare». Martin tornò all'attacco. «Felix, hai sentito cosa ha combinato il nostro nuovo capitano?»

«Ehm... forse, non ne sono sicuro».

«Oh, dai, Martin. Vedrai, mi darai ragione!» disse Leo.

«Be', mi pare sia il momento di scoprirlo» rispose l'altro e si fermò.

Avevano superato il ponticello sul Landwehrkanal, con le sue barche colorate, le oche che nuotavano pigre, e avevano percorso tutta la Harzerstraße, di fronte a loro c'era Kindheimplatz. L'edicola di Otto Ritter era aperta e gli amici videro che il papà di Martin era appoggiato al banco, intento a parlare con un uomo dietro le pagine spalancate di un quotidiano. Alcune bambine giocavano a Campana, mentre dei ragazzini si inseguivano tra le panche e le siepi dell'unico giardinetto. Due *Vopos*, pigramente, passeggiavano lungo il confine, senza però entrare nel campo da calcio.

Al centro del campetto, che palleggiava abilmente facendo rimbalzare il pallone logoro da un piede all'altro, c'era Hanna.

Raggiunsero la ragazzina e lei li salutò: «Ciao!».

Hanna sorrideva, con il pallone sotto braccio.

«Hanna...» Leo si passò una mano sulla testa. «Ciao, ehm, questi sono i miei amici, quelli di cui ti ho parlato. Ragazzi, lei è Hanna».

«Ciao!» salutò con entusiasmo Felix. «Ti darei la mano, ma...»

Il ragazzo aprì le braccia e mostrò i palmi delle mani ancora sporchi. Hanna ridacchiò.

Martin, invece, incrociò le braccia sul petto.

«Ciao» disse asciutto. «Quindi saresti tu...?»

Lei alzò un sopracciglio. Leo si sentì in dovere di intervenire:

«Ragazzi, Hanna è bravissima. Vi ho detto come ieri le abbiamo suonate a Jo l'Amerikaner e i suoi, vero? Martin lo sa già, ma lo ripeto per tutti. Ecco, le ho proposto di entrare in squadra».

«E io ho accettato!» disse la ragazza.

«Grande!» esclamò subito Felix, ma Martin rimase dubbioso e scuro in viso.

«Forse avresti dovuto consultarti prima con noi, Leo».

Martin fece un paio di passi e squadrò da capo a piedi Hanna.

«Scherzi, vero?» gli rispose Leo. «Dopodomani c'è la finale e... A proposito, come è andata la partita della *Ottobre?*»

«Hanno vinto» rispose Hanna prima che gli altri potessero dir qualunque cosa. «Dieci a uno, e quella singola rete è stata un autogoal. I *Ferro e fiori* non hanno avuto alcuna speranza. Li hanno davvero travolti».

Con un dito, Martin si abbassò gli occhiali sul naso.

«E secondo te, come mai?» la interrogò.

«Dove vuoi arrivare?» chiese Leo.

«Lascia che risponda».

Hanna spinse le labbra in fuori, poi parlò.

«Quelli della *7 Ottobre* sono coordinati. Sono bravi e allenati, si vede». Hanna metteva molta attenzione in quello che diceva, come se stesse ricordando una lezione di scuola. «Herbert Mann è un diavolo. Mentre gli avversari, non erano all'altezza. Sono stati in difficoltà dall'inizio alla fine, non c'è stata storia».

«Certo, hanno in squadra tre femmine!»

«Martin!» gridò Leo, imbarazzato.

«Hai detto una cattiveria» lo rimproverò Hanna.

«Guarda, non voglio sembrare scortese, ma...» cominciò il ragazzo.

«No, sembri solo sciocco. Ma è affar vostro» rispose lei. Poi si voltò verso Leo. «Se non mi volete, me ne vado».

«No, aspetta!» Leo si frappose tra i due. «Martin, perché fai così?»

«È una ragazza!»

«E allora? Non hai nemmeno visto come gioca: è grazie a lei se abbiamo vinto, ieri. Tira come un cecchino e sa anche parare!»

«Questo è tutto da vedere».

Fu allora che Felix prese la parola.

«Be', allora è deciso, direi». Osservò Hanna e le sorrise. «Guarda, scusalo, in realtà è un bravo ragazzo. Ma vedila così: qualunque squadra ti farebbe fare una partita di prova».

La ragazza fece spallucce.

«Come volete, in fondo speravo di giocare oggi. Che ne dici, Martin, io contro di te?»

«Oh, no, così no» intervenne ancora Felix. «Se vinci, ce l'avrà con te per sempre. Se perdi, penserà di aver avuto ragione e ti perdiamo noi. Io ti voglio, in squadra!»

Leo non riusciva a credere alle proprie orecchie, Felix si stava dimostrando geniale. Forse il sidecar aveva davvero fatto una magia su di lui.

«Giocate voi due contro di noi» disse ancora il portiere

della *Neukölln* mettendo un braccio intorno alle spalle di Leo e sporcandogli nuovamente la maglia. «Ok?»

Hanna fece un sorriso sghembo.

Martin si schiarì la gola e sistemò gli occhiali.

«È un'ottima idea» concluse Leo per tutti. «Ma quattro contro quattro: recuperiamo altri giocatori, andiamo da quei ragazzini. Sarà una partita bellissima, vedrete!»

Fu allora che Jo l'Amerikaner entrò in Kindheimplatz. Lo fece senza rendersene conto, bighellonando quasi senza meta. Aveva una gomma americana in bocca, le mani ficcate in tasca e un brutto broncio in viso. E quando si rese conto di essere nella piazza dove gli era stata inferta la peggior sconfitta della sua vita, l'umore peggiorò ulteriormente.

Eccoli, eccoli lì! Quei maledetti mocciosi correvano per il campo, dando calci al pallone e gridando. C'era il ragazzino che aveva giocato a fare il Sir Lancillotto e la ragazzina maschiaccio che l'aveva umiliato di fronte ai suoi amici.

Non avrebbe dovuto accettare quella stupida sfida. Avrebbe dovuto atterrare la ragazzina e magari dare un pugno al moccioso. Tenersi il pallone stretto e mandarli a frignare dalla mamma. A quel punto, lui e la sua banda avrebbero avuto la piazza per sé. Avrebbero fatto quello che avrebbero voluto, come sempre

E invece no! Li avevano battuti. Ma con l'inganno, certo, non poteva essere stato altrimenti. E poi… ci si era messo anche quel vecchio, quello dell'edicola. Fare l'arbitro in quella sfida ai rigori... era chiaro che l'aveva fatto solo per poter favorire i suoi cocchi!

Eccolo lì, Ritter, appollaiato nella sua edicola come un gufo sul ramo. Un ometto con abiti logori, sicuramente di Berlino Est, gli parlava da dietro un giornale tenuto aperto per coprirsi il viso. Una cosa molto losca, di sicuro l'edicolante aveva degli scheletri nell'armadio.

Jo vide una lattina per terra e le diede un calcio. Si trovava vicino alla linea bianca del confine. Il barattolo rotolò rumorosamente da Ovest a Est, per poi fermarsi nei pressi degli stivali di due *Vopos*.

Gli agenti ripresero a osservare il ragazzo con espressioni severe. Poi, il più giovane dei due poliziotti raccolse la lattina e la gettò in un cestino dei rifiuti.

Jo sollevò il bavero della giacca militare, alzò il mento e se ne andò fischiettando. Non potevano fargli niente, fintanto che lui fosse rimasto a Ovest e quelli dall'altra parte, ma meglio non provocarli. Ci mancava solo quello...!

I quattro bambini erano stati più che contenti di giocare con i grandi e la partita si era appena conclusa.

Martin, Felix, Leo e Hanna erano in piedi nei pressi di una delle due "porte" del campo. Questa volta formate da golfini arrotolati e una giacchetta di tessuto.

Hanna aveva il piede appoggiato sul pallone e a Leo

parve una posa trionfale. Be', aveva tutte le ragioni di essere soddisfatta: lei e Martin avevano vinto per dieci a due!

«Hai visto quell'ultima azione, eh, Leo? Hai visto?» Martin parlava velocemente. Aveva i lunghi capelli sudati appiccicati alla testa e si puliva gli occhiali con la maglietta. «Mi sono mosso sulla fascia, ho passato ad Hanna e lei ha scelto il momento giusto per un cross».

«Davvero bravi» rispose Leo. La partita era andata benissimo.

«Siete stati bravi anche voi» commentò la ragazzina. «E tu sei proprio veloce sulla tua fascia, Martin».

Martin sorrise raggiante.

«Sei goal, ho fatto sei goal!» esclamò.

«E questa volta non ho neanche dovuto lasciarteli fare» gli disse Felix ridacchiando. «Sei stato proprio bravo, mi avete sempre spiazzato».

«Ma infatti è così che gioca una squadra in gamba» osservò Leo. «Bisogna manovrare per non lasciare che gli altri capiscano da dove arriva l'attacco».

«Però... i tiri migliori sono stati quei due goal a effetto di Hanna».

Felix osservò la ragazzina, la quale sorrise a disagio. Leo la vide sistemarsi la treccia.

«È vero» concordò il capitano della squadra. «Dove hai imparato a far curvare il tiro così, in volo?»

«Be', a casa... giocando in cortile. Da sola» rispose lei.

Mise il piede a terra e si osservò le scarpe. «Anzi, forse è ora che vada».

Era il momento di chiarire le cose e Leo non si lasciò sfuggire l'occasione.

«Martin» chiamò. «Allora, è deciso?»

L'amico inforcò gli occhiali, si passò la lingua sulle labbra e poi annuì.

«Sì, per me va bene. Ma sarà dura. Quelli sono davvero tosti».

«Garantito, garantito al limone!» disse Felix. «Tuo papà farà l'arbitro?» L'altro annuì. «Fantastico! Ci aiuterà, credi?»

«Sei matto? Anzi! Proprio perché sarò in una delle due squadre si mostrerà più che inflessibile. Soprattutto con me. Vedrete, mi massacrerà».

«È la finale del torneo» sottolineò Leo. «Non pensavi sul serio che fosse una passeggiata, vero? E tu, Felix, ci stai?»

«Ma scherzi?» rispose il portiere. «Hanna, se vuoi giocare con noi avremo davvero una possibilità!»

La ragazzina osservò rapidamente i due, poi spostò la sua attenzione su Leo e lo guardò negli occhi.

«Accetto» disse. «Mi fa molto piacere. Grazie dell'invito. Entro nella vostra squadra e mi impegnerò al massimo».

«Lo so» le rispose lui. «Ho visto come giochi. Metti tutta te stessa. Come un vero campione. Non ti risparmi, sei coraggiosa e generosa: passi spesso la palla quando vedi uno messo meglio. Sono tutte qualità che...»

Improvvisamente gli si seccò la bocca e le parole non uscirono più. Hanna lo stava guardando in un modo che lo metteva a disagio e lo faceva stare bene allo stesso tempo, con un sorriso dolce sulle labbra e gli occhi che parevano luccicare.

«Ehm... Ok, ci siamo capiti allora» concluse Leo. «Ci vediamo sabato, eh? Si comincia alle quattro! Non mancare!»

«Non mancherò. Ciao, ragazzi!»

Hanna si voltò e corse via, verso Est.

Felix diede una forte manata sulla schiena di Leo.

«Che ragazza, eh?» gli disse.

«Eh già» rispose Leo. «Incredibile».

Rimase a osservarla mentre trotterellava verso casa, con la treccia che danzava dietro la nuca. E non si rese conto dei sorrisi e dello scambio di occhiolini tra Felix e Martin.

Quei pestiferi mocciosi avevano finalmente lasciato il campo. La loro partita era terminata e Jo l'Amerikaner poté muoversi attraverso la piazza, invece di stare seduto sulla soglia di una casa a sorseggiare la limonata. Avevano giocato bene, decisamente. Erano bravi, doveva ammetterlo, per la loro età e per essere degli imbroglioni patentati.

L'avrebbero pagata, decise. Oh, sì. E sapeva anche come: ci avrebbe pensato lui stesso. Probabilmente sarebbe bastata una telefonata. Ma intanto, anche un'altra idea andava formandosi nella sua mente.

Risucchiò la bevanda con la cannuccia, facendo rumore.

All'edicola, l'ometto dietro il giornale sembrava aver preso finalmente una decisione. Ripiegò il quotidiano e lo pagò. Poi aprì la valigetta e controllò che nessuno stesse guardando.

Jo era troppo lontano perché l'uomo potesse accorgersi di lui. Il cliente dell'edicolante tirò fuori dalla valigetta una busta di carta gialla e la porse al signor Ritter.

L'edicolante la fece subito sparire all'interno del chiosco e l'ometto apparve improvvisamente sollevato.

Si salutarono e il cliente andò via.

Attraversò il confine ed entrò nella Berlino orientale, passando sotto lo sguardo dei due *Vopos*.

Cosa c'era in quella busta? Soldi, probabilmente. Ma allora perché consegnarli così? Era sicuramente uno scambio losco. E illegale, considerato che il cliente era un cittadino di Berlino Est...

Finalmente aveva in mano qualcosa per togliere di mezzo quell'arbitro per il tempo della partita.

Dopo qualche minuto, il capo dei bulli si alzò, buttò in un cestino la bottiglia di limonata, abbassò il bavero, si lisciò i capelli e si diresse verso la linea di vernice che divideva in due la piazza.

Cap. 7

UNA SERA A TEATRO

Leo era emozionato, e non solo perché era la sua prima volta a teatro. I loro posti erano in una delle balconate, in alto e di fianco al palcoscenico.

Il teatro sapeva di magia, con il suo sipario di pesanti tendaggi, le poltrone, il brusio delle persone e un profumo di polvere.

E poi... il buio fatto crescere piano, il cigolio del sipario che veniva aperto e i passi sulle assi della ribalta.

Cominciò tutto nel migliore dei modi, con poche parole di presentazione e... un cavaliere! Si chiamava Lancillotto, disse, ed era in viaggio verso una città per sconfiggere un terribile drago. Proprio le cose che piacevano a Leo. Purtroppo, dopo pochi minuti, capì che la cosa sarebbe andata per le lunghe e nel peggiore dei modi: non ci sarebbe stata nessuna battaglia tra Lancillotto e il drago. All'ennesimo lungo dialogo tra persone noiosissime, Leo si abbandonò nella poltroncina e stirò le gambe.

Il signor Pretzer seguiva lo spettacolo, scambiando ogni tanto qualche battuta con un collega della radio.

Leo guardò Felix alla ricerca di un po' di comprensione.

Seduto di fianco al padre, l'amico era chino in avanti, con il mento appoggiato sul palmo della mano e gli occhi pesanti.

Leo sbadigliò. Felix fece altrettanto.

«Mi sto annoiando...» sussurrò Leo.

«A chi lo dici!»

«Io volevo vedere il drago».

«Papà dice che non c'è nessun drago. Che è un'illusione, solo un'idea, creata dai cittadini per tenere sotto controllo il popolo».

«Ma lo spettacolo si chiama *Il Drago*!»

Felix sollevò gli occhi al soffitto.

«Ma ai grandi piace, hai visto?» disse ancora Leo.

Felix si tirò dritto a sedere e diede un'occhiata in giro.

«Uff!» sbuffò. «Io davvero non riesco a capire. Mi sto annoiando a morte, quanto dura?»

Leo si sporse e appoggiò braccia e mento sul bordo della balconata. Guardò di sotto.

«Non lo so. Hai visto quanti soldati?»

Felix diede un'occhiata a propria volta, mettendosi di fianco all'amico.

«Ehi, quello lì sta dormendo!» disse.

Leo vide dove l'altro stava indicando: c'era un signore pelato con il nasone e gli occhialini, sembrava assorto, ma era chiaro che stesse dormendo. E anche russando, probabilmente, a giudicare dall'espressione infastidita della signora al suo fianco.

«E invece, quell'altro, sta per svenire!» disse Leo dando di gomito all'amico.

Aveva visto un militare che continuava a far roteare gli occhi e a sbadigliare. Felix represse una risata e altrettanto fece Leo.

«Ragazzi!» li riprese sottovoce il signor Pretzer.

«Scusa, pa'».

Leo non riusciva a smettere. Notò come gli spettatori avessero tutti volti buffi. L'interesse, in certi casi, sembrava trasformarli in manichini. Quelli annoiati, o sonnolenti, invece, erano assolutamente da morire dal ridere.

«Ehi, guarda là!» fece Felix indicando con la testa una balconata dalla parte opposta. C'era un robusto signore, con la guancia appoggiata su una mano, che dormiva sopra la balaustra del suo balcone. «Quello se la sta proprio godendo, eh?»

«Già, avrebbe fatto meglio a starsene a casa. E anche noi».

«Forse dovremmo avvisare gli attori di non fare troppo baccano, altrimenti lo sveglieranno...»

Ma Leo non stava più guardando il bell'addormentato. Il suo sguardo si era spostato nella balconata di fianco. Allungò una mano e toccò l'amico.

«Felix».

«Che c'è?»

«Guarda lì».

Proprio allora il sipario si richiuse e le luci si accesero per l'intervallo.

Tutti si alzarono.

«Ragazzi, andiamo a bere qualcosa?» chiese il signor Pretzer, ma i due erano scattati in piedi.

«Ma era...?»

«Non lo so, Felix. Forse. Sono andati via subito».

«Ragazzi?»

I due si voltarono a guardare il papà di Felix.

«Dicevo, scendiamo a prendere qualcosa da bere? Dovremmo muoverci, però: ci stanno andando tutti!»

Uno sguardo alla balconata convinse Leo.

«Sì, volentieri! Grazie!»

Prima di uscire per dirigersi alle scale, Felix fece cenno a Leo di guardare ancora la balconata con l'uomo che dormiva. Non si era svegliato.

Nell'atrio c'era una ressa incredibile. A Leo parve che tutta Berlino fosse lì con la voglia di bere qualcosa.

«Vado a prendervi due limonate, va bene?» chiese il signor Pretzer alzando la voce per farsi sentire.

«Grazie, pa'» rispose Felix.

«Aspettatemi qui».

I due ragazzi, schiacciati contro un muro, attesero che l'uomo si avviasse verso il bar.

«Ma ho visto bene?» chiese quindi Felix.

«Non lo so. Credo di sì. Bisognerebbe controllare».

«Però non li vedo più».

Si guardarono in giro, ma si trovavano in una foresta di giacche e abiti da sera da cui non si scorgeva assolutamente nulla.

«Be', ragioniamo» disse Leo. «Erano dall'altra parte del teatro e ci saranno state delle scale anche di là. Quindi se sono scesi, probabilmente ora saranno vicino all'altra parete».

«Grande! Andiamo!»

Si fecero largo, con molti "mi scusi" e qualche "permesso", si persero di vista, si ritrovarono e continuarono.

Poi Leo vide qualcosa: «Di là!» disse. «Di nuovo verso il bancone, ma vicino alla parete».

Cambiarono direzione, con Leo davanti e Felix subito dietro. Superarono una rubiconda signora in un vestito a fiori, un ometto con gli occhiali, una coppia di signori gemelli dai grandi baffi, attraversarono un capannello di militari intenti a discutere con un caffè in mano e...

... Leo finì, petto contro petto, addosso a una ragazzina con un grazioso abito color pesca e i lunghi capelli biondi raccolti dietro la nuca. Il viso lentigginoso, l'espressione furbesca e quegli occhi azzurri non lasciavano dubbi su chi fosse. Peccato che lei avesse in mano un bicchiere di succo di frutta e l'impeto di Leo le facesse versare mezzo succo per terra e il resto sul ragazzo.

«Ah!» gridò lei. «Che modi!»

«Oh, no!» esclamò lui. E poi aggiunse: «Hanna, sei tu!».

«L... Leo? Leo! Ma cosa ci fai qui?»

«Ciao, Hanna» aggiunse Felix un istante dopo. «Vedo che Leo ti ha trovata».

«Ragazzi, ciao, ma...»

Rimasero a guardarsi e sorridersi per un istante. Poi Leo vide l'espressione di Hanna cambiare, mentre gli occhi della ragazza si alzavano a osservare qualcuno dietro di lui. Molto più alto di Leo.

«Chi sono questi ragazzi, Hanna?»

«Ah, papà... Loro sono...»

Leo si voltò. Alle spalle di Felix c'era un ufficiale della *Volkspolizei*. Aveva il volto asciutto e due occhi grigi come quelli di Hanna. Ma l'espressione molto meno gentile, con il cappello stretto sotto braccio e la testa leggermente inclinata.

«Sì...?» disse questi. «Vi conoscete?»

«No, non proprio» cominciò la ragazzina.

«Compagni di scuola?» azzardò l'uomo sollevando un sopracciglio. La somiglianza era sorprendente.

«No, ci siamo incontrati in metropolitana» annunciò Felix.

«Sì, esatto. Le abbiamo lasciato il posto a sedere» intervenne Leo.

«Tutti e due? Il posto a sedere? A una sola ragazza?»

Hanna lanciò un'occhiata allarmata agli amici.

«Felix? Leo, dove siete?» la voce del signor Pretzer giunse da dietro una coppia di spettatori prima che l'uomo riuscisse a trovare i ragazzi.

«Ah, eccovi qui. Ma dove vi eravate... oh!»

«Pretzer. Anche lei qui a teatro?» chiese il papà di Hanna.

Il signor Pretzer divenne improvvisamente serio e rispose a tono.

«Capitano Fuchs. È un piacere».

I due si strinsero rigidamente la mano.

«Lo spettacolo è di vostro gradimento?»

«Certamente» rispose il papà di Felix. «Organizzazione perfetta. Peccato solo che molti suoi concittadini non siano qui. È una disgrazia che a molti berlinesi dell'Est non sia possibile partecipare».

«Avrà certamente notato l'assenza di criminalità, di incidenti, di disordini...» rispose l'ufficiale con un sorriso sottile come la lama di un pugnale.

Intanto, Leo e Felix si scambiarono degli sguardi stupiti. Leo colse l'espressione allarmata di Hanna.

Quando la ragazza notò che lui la stava guardando, fece una smorfia con le labbra come a pronunciare un silenzioso "ssst!" e allo stesso tempo fece piano segno di "no" con la testa.

Leo le rispose con un occhiolino.

Mentre i due uomini, sopra le loro teste, continuavano a scambiarsi convenevoli, Leo pose una silenziosa domanda. Con le labbra mimò la parola "domani" e fece assumere al viso un'espressione interrogativa.

Hanna rispose annuendo rapida. E sorrise.

Leo si sentì sollevato. Aver visto la ragazzina in compagnia del padre, e scoprire che questi era un poliziotto, gli aveva fatto temere per la finale.

Una mano scese pesante sulla sua spalla. Un'altra, su quella di Felix.

«Bene» disse il signor Pretzer facendo arretrare i ragazzi. «Grazie della chiacchierata, capitano. Gradevole e calda come l'accoglienza di Berlino Est. Certe cose non cambiano mai».

«Siamo sempre presenti, Pretzer. I miei ossequi» l'ufficiale sbatté i tacchi e fece un piccolo inchino. «Si goda il resto dello spettacolo e torni a casa sano e salvo».

«Sarà così, non tema».

Il terzetto si voltò, Mentre si allontanavano, Leo gettò un'ultima occhiata ad Hanna e suo padre. L'uomo le stava parlando, chino e con aria severa, dando le spalle a Leo. La ragazza colse il suo sguardo, ma non osò muovere un muscolo del viso, rivolto impassibilmente verso il padre.

Leo stava per rinunciare all'idea di salutarla, quando questa fece frullare le dita di una mano, nascosta parzialmente dalla gonna.

Leo sorrise e rispose al saluto allo stesso modo.

Alla fine dello spettacolo, Leo e Felix si avviarono con il papà di questi al parcheggio per ritirare l'auto e tornare a casa. Con loro, moltissime altre persone facevano altrettanto e lungo la via si era creato una specie di torrente di signori in abito elegante. Leo cominciò a sentirsi fuori posto.

Per tutta la seconda parte dello spettacolo aveva scambiato ipotesi e commenti sussurrati con Felix. Ma non era stato possibile parlare più di tanto, in quanto la storia di Lancillotto e dei cittadini si era fatta più complicata e il papà di Felix aveva intimato ai due ragazzi di fare silenzio molte volte.

«Non mi aspettavo davvero di trovarla qui» disse Leo a un certo punto.

«Sì, anch'io. Secondo te... ci sarà domani, vero?»

«Certamente!» rispose Leo. «Perché lo chiedi?»

«Be'... è la figlia di un capitano dei *Vopos*, hai sentito?»

«Sì, ma dovrebbe filare tutto liscio».

«Insomma, è un ufficiale. Credo non stia troppo bene che la figlia di un pezzo grosso giochi a calcio con dei ragazzini...»

«Ah. Non ci avevo pensato».

Restarono in silenzio, camminando pochi passi dietro il signor Pretzer, intento a parlare con un suo conoscente. Arrivarono a un incrocio e Leo notò il cartello con il nome della strada che stavano attraversando: Plesserstraße.

Fu allora che Felix gli diede di gomito.

«Ehi, che c'è?»

«Guarda...!»

Leo voltò lo sguardo e vide ciò che Felix gli aveva indicato.

Il capitano Fuchs e sua figlia Hanna stavano rincasando al numero 4 proprio di Plesserstraße! Era una piccola casetta di due piani, con una ringhiera a chiudere un giardino e l'aspetto austero. Videro i due sfilare oltre la porta aperta e le luci delle stanze accendersi. Sembravano impegnati in un'energica conversazione. E a giudicare dal broncio che aveva messo Hanna, la discussione non era andata come lei avrebbe voluto.

«Accidenti, abita vicinissima al teatro!» commentò Felix. «E anche a Kindheimplatz! Non deve fare neanche un chilometro a piedi...»

«Che strano però che una ragazzina così venga a giocare a calcio con noi...»

«Leo, non ti lamentare: hai avuto un'idea geniale a farla entrare in squadra».

Leo sorrise all'amico e seguirono il flusso di persone verso le auto parcheggiate.

«Già, peccato solo averla incontrata così tardi, speriamo di farcela domani».

«Speriamo...» gli fece eco Felix.

Per tutto il viaggio di ritorno, Leo continuò a pensare ad Hanna, al suo vestito elegante e al sorriso con cui li aveva salutati quella sera. Ma anche la finale occupò gran parte dei suoi pensieri, tanto da farlo dormire poco e male.

Ancora una volta, quell'estate si dimostrava imprevedibile e ricca di sorprese. Il dubbio che qualcosa potesse andare storto, ora che finalmente il torneo stava per chiudersi, e che magari Hanna non potesse venire, lo tormentarono a lungo.

Quella stessa sera, mentre l'auto del signor Pretzer riportava Felix e Leo alla proprie case, il capitano Joachim Fuchs della *Volkspolizei* si sedette in poltrona.

Sentì la porta della camera di Hanna chiudersi. Sua zia Gertrude giunse fino in salotto.

«Sta dormendo?» le chiese.

La donna rimase in piedi con posa rigida. Aveva i capelli tirati in una cipolla color del ferro e un grembiule immacolato che le copriva sobri abiti da lavoro.

«Sì, Joachim, Ma non è stato facile. Temo ce l'abbia con te. Sono riuscita a farla calmare lasciandole ascoltare uno di quegli orribili dischi americani, ma a volume *molto* basso».

Fuchs si passò brevemente una mano sugli occhi.

«Non dovremmo neanche averli, ma non riesco a toglierglieli».

La donna sospirò e si lisciò una piega del grembiule.

«Abbiamo litigato, tornando a casa» spiegò lui. «Succede spesso ormai».

«Capricci?» chiese la donna sollevando un sopracciglio.

«La solita solfa: "papà, tu non capisci", "la mamma non avrebbe detto così", "io qui sono triste" ... Non so più cosa fare».

Fu allora che un grosso gatto persiano balzò sulle gambe del papà di Hanna e cominciò a fare le fusa.

«L'Ovest?» chiese ancora la donna.

«L'Ovest. E ci aspettano tempi difficili».

«Capisco. Mi dispiace».

«Non importa, ce la faremo».

«Si è fatto tardi, Joachim» disse la donna, dopo qualche istante.

«Sì, certo, grazie di tutto. Buona notte, zia Gertrude».

La donna salutò e si incamminò di nuovo lungo il corridoio. Fuchs la sentì aprire e richiudere la porta della sua stanza.

L'uomo fece scendere il gatto e allungò la mano verso il tavolino di fianco alla poltrona. Lì c'era la posta della giornata, di fianco a una fotografia incorniciata e un posacenere. Prese il ritratto e lo osservò. Mostrava una giovane donna dai capelli biondi, sorridente. La somiglianza con Hanna era forte: la stessa linea della bocca, il taglio degli occhi furbi, i capelli... Tra la cornice e il vetro era infilato il gambo di un piccolo fiore, ormai appassito.

Joachim Fuchs accarezzò un petalo con la punta delle dita.

Poi ripose la fotografia e raccolse la prima delle molte buste impilate. La aprì e lesse i fogli che vi trovò. Passò quindi a una grossa busta di carta bruna. Lesse l'intestazione: gli era stata lasciata da un suo attendente. Dentro c'erano fogli scritti a mano e delle fotografie. Guardò tutto con molta attenzione, mentre una vena gli pulsava sulla tempia.

Si passò la mano sugli occhi, respirò a fondo e si alzò. Camminando piano, andò al telefono in corridoio e compose a memoria un numero. Appoggiò il ricevitore all'orecchio e attese.

«Buonasera, sono il capitano Fuchs» disse dopo poco. «Vorrei parlare con il sergente Hetzer… Sì, attendo».

Si passò la cornetta all'altro orecchio e si voltò a guardare le foto appese. Ritratti della moglie, di Hanna da piccola, i suoi primi passi, il gatto Dodò sulle gambe di lei, quando era bambina…

«Hetzer…?» disse a un certo punto. «Sì… È per domani… sì, esatto. Mi è appena arrivata la conferma. A Kindheimplatz. Proprio sul confine: è lui e sta per farlo di nuovo. Un nostro informatore ci dice che nel pomeriggio dovremmo avere l'occasione per agire. No, a lei non deve succedere nulla. Perfetto, ci vediamo là. Buonanotte».

Riagganciò. Poi scelse un ritratto della figlia dalla parete e lo sfilò dal chiodo.

Passò le dita sul vetro, seguendo la linea del sorriso di Hanna.

«Mi dispiace» mormorò piano alla fotografia.

Cap. 8

IL GIORNO DELLA FINALE

La finestra aperta sulla strada lasciava entrare ben poca aria e l'afa era pesante, una coperta bagnata che rendeva difficile respirare. Il rock 'n' roll di Ricky Nelson, suonato dal mangiadischi di Elsa Fischer, al piano di sotto, risuonò ancora una volta. La canzone era sempre la stessa: *Hello Mary Lou*. A Leo le canzoni americane non dispiacevano, ma Elsa aveva una vera cotta per Ricky Nelson e da quando quel pezzo era arrivato in cima alle classifiche lo faceva sentire a tutto il caseggiato.

Leo aveva pranzato a mezzogiorno e mezzo. Aveva letto qualche fumetto e giocato fino alle due, poi si era infilato la fascia con il numero 10 sul braccio e aveva atteso. Il tempo pareva non passare mai. Sbuffò e guardò la sveglia sulla mensola della radio. Erano le tre e venti, ancora troppo presto.

Improvvisamente i cuscini del divano parvero diventare roventi. *Doveva* far qualcosa.

«Ma', io esco!» disse ad alta voce, mentre si recava in corridoio per infilare le scarpe.

«Dove credi di andare, signorino?» La mamma sbucò dalla camera da letto. Aveva indosso la sua uniforme da infermiera e si stava preparando per l'ennesimo turno di notte. «Mi pare che tu non debba lavorare, e sei uscito parecchio di questi tempi, no?»

«Ma, mamma, oggi...»

«Ah, sì, sì!» rispose lei sistemandosi la cuffietta bianca e guardandosi allo specchio. «Il torneo, giusto? Finisce oggi. Meno male, così poi potrai passare più tempo a casa».

«Ma se tu non ci sei mai!»

La frase gli scappò prima di riuscire a trattenersi. E se ne pentì subito. La mamma si voltò e lo guardò con occhi grandi. Leo si aspettava una sfuriata e invece lei lo stupì. Fece due passi rapidi, gli si inginocchiò davanti e lo abbracciò.

«In che situazione ti abbiamo infilato, eh?» Leo sentì un tocco bagnato sulla guancia. Sua mamma si era commossa. «Scusa, piccolo, scusa. Ma non posso rinunciare a questo lavoro. Tuo papà ha chiesto il trasferimento agli uffici a terra, ma lo vogliono in cabina di pilotaggio. È bravo, sai?»

«Sì, lo so. Il pilota migliore di tutta la Germania».

Lei annuì. «I soldi non bastano mai. Quando siamo arrivati qui, non avevamo niente e dobbiamo lavorare per assicurarti un futuro e...»

«Mamma, lo so. Scusami tu. È solo...»

Dalla finestra sulla strada giunse un fischio, subito ripetuto. Era Felix, Leo lo sapeva.

E lo sapeva anche la mamma, che lo guardò con l'aria di chi aveva capito e un sorriso sghembo.

«Staremo insieme, Leo. Te lo prometto, presto. Perché non lasci il lavoretto all'edicola e passi un po' di tempo a casa? Sei sempre fuori...!»

Leo guardò sua mamma. Vide le rughe agli angoli degli occhi, la bocca dal taglio gentile, i capelli rossi.

«Voglio aiutarvi» le disse serio. «Un giorno guadagnerò abbastanza per...»

La mamma gli sorrise. «Sì? Per...?»

Risuonò ancora il doppio fischio, ma Leo non vi badò.

«Non avrai più bisogno di lavorare la notte. E papà avrà un lavoro normale, che lo porti a casa per cena. E che lo faccia stare qui, nei fine settimana e...»

Non riuscì a terminare la frase. La mamma l'aveva abbracciato di nuovo, ma questa volta con tanta forza da togliergli il fiato. In fondo era un bene, perché gli era venuto un groppo in gola.

Dopo alcuni istanti lo lasciò andare e si rialzò.

«Sei un bravo ragazzo, Leo. Sono fiera di te» gli disse tornando a sistemarsi il trucco allo specchio. Era sbavato sotto gli occhi, dove erano passate le lacrime. «E lo è anche tuo padre, te lo garantisco. Ora va' a giocare. Io torno tardi, ma c'è la cena in forno».

«Grazie, mamma» rispose lui, cercando di non guardarla. Era sempre a disagio quando lei piangeva.

«Ricordati di dire a Felix di ringraziare suo papà da parte mia, per ieri».

«Certo».

«Leo...?»

«Sì?»

«Buona fortuna. Per la partita, dico. So quanto ci tieni. Divertiti».

Lui sorrise e finì di allacciarsi le scarpe. Felix e Martin lo aspettavano di sotto.

Il cielo era grigio e turbolento. Le nuvole sembravano un mare a testa in giù, con onde grosse e crestate di nero. Stava per arrivare un temporale e avrebbe guastato il fine settimana ai berlinesi.

Camminando per Pflügerstraße, con gli amici al fianco, Leo vide la famiglia Hulvert che caricava la propria auto con provviste e bagagli. I figli giocavano intorno agli alberi della via, mentre la signora Hulvert dava istruzioni al marito. Un quadro molto tipico, che però pareva sul punto di essere rovinato dal cielo estivo. L'uomo, infatti, guardava con aria preoccupata le nubi, e molti dei vicini ritiravano le tende sui balconi o il bucato dalle finestre.

Felix gli porse una patatina fritta dal sacchetto di carta oleata che aveva in mano. Leo la sgranocchiò con gusto, era buonissima.

«Voi fate qualcosa, stasera?» chiese agli amici pulendosi il mento.

«No, non quest'anno» disse Martin. «Quando c'era ancora

la mamma passavamo il sabato sulle rive della Sprea. Oppure a passeggiare nella foresta di Grunewald. Ma è tanto che papà non mi ci porta».

«Eh, in effetti, con il suo lavoro è dura» osservò Leo. «Meno male che oggi non andate, via! Tu giochi e tuo papà arbitra!»

«Ah, io probabilmente sarò a bere e mangiare tutta la notte per festeggiare la nostra vittoria» rispose Felix alzando il viso al cielo. Si infilò una manciata di patatine in bocca e continuò masticando. «Oh, purtroppo Martin non potrà fare altrettanto».

«Scusa?» domandò questi, di colpo indispettito. «Se vinciamo, festeggio anche io. Penso che...»

«No, no, tu non potrai, perché sarai in ospedale».

«Sei impazzito?»

L'amico fece un sorrisone e guardò Leo con aria complice.

«Be', hai visto che caratterino ha Hanna, no? Se oggi sbagli qualche passaggio verso di lei, o se la metti nei guai, come minimo ti concia per le feste».

Leo ridacchiò assieme all'amico, ma Martin fece una faccia scura.

Superarono il ponte di Lohmülen sotto un cielo minaccioso, e svoltarono sull'ombrosa Harzerstraße. Le foglie degli alberi si muovevano spinte da un vento vivace e il caldo faceva affiorare la resina dalle spaccature nelle cortecce. Videro altre famiglie in partenza. Berlino Ovest era viva e pulsante, anche se ormai andava svuotandosi. L'estate era stata calda e chi lavorava approfittava del fine settimana per cercare refrigerio e riposo.

Gli alberi recedettero e dopo un semaforo giunsero in vista di Kindheimplatz.

«Ragazzi, finalmente siamo alla finale» disse Martin interrompendo il silenzio imbronciato in cui si era chiuso. «Quasi non ci credo».

«Già, peccato che Franz non ci sia» fece Leo.

Gli altri non commentarono, ma lui era sicuro che stessero pensando all'amico fuggito.

Camminarono ancora ed entrarono nella piazza. Un vento caldo soffiava sul loro viso, sollevando polvere e carte in piccoli vortici. Alcuni negozi erano finalmente chiusi per ferie, con le serrande abbassate e la mercanzia al sicuro. Altri, invece, come la ferramenta Linder e la panetteria della signora Svaltz, erano ancora aperti. Il consueto traffico dei pendolari non c'era, quel sabato, ma la piazza non era certo deserta. Molti bambini si erano radunati per assistere alla finale del torneo e con loro anche parecchi giocatori delle varie squadre che i ragazzi della *Neukölln* o della *7 Ottobre* avevano eliminato. Addirittura i *Vopos* sembrano interessati all'evento. Come sempre, una coppia di loro passeggiava nei pressi del campo, ma altri due stavano in disparte, all'angolo con Boucherstraße.

«Eccoli, arrivano!» disse qualcuno.

«Forza *Neukölln*!» gridò una vocetta femminile.

I tre ragazzi avanzarono verso il campo. Leo si godette la sensazione dello sguardo di tutti i presenti.

Era come scendere in campo per una partita dei Mondiali. Gli spettatori si aprivano per lasciar passare lui e la squadra. Ricevette pacche di incoraggiamento sulle spalle e strette di mano.

«E quelli?» chiese Felix indicando con la testa un gruppetto di persone.

Tra loro c'era un terzetto di ragazzi in giubbotti di pelle, con i ciuffi imbrillantinati: era la banda di Jo l'Amerikaner. Ma il loro capo non si vedeva.

«Saranno venuti a godersi lo spettacolo» suggerì.

Tuttavia, qualcosa nello sguardo di Emil, gli fece capire che le cose stavano diversamente. E una sensazione sgradevole cominciò a farsi strada in lui. A questa si aggiunse lo stupore, quando finalmente entrarono in campo.

Nel rettangolo di gioco, non c'era nessuno.

«Che ore sono?» chiese Leo mordendosi un labbro.

«Tre e cinquantuno» rispose Martin.

«Accidenti».

«Ehi, ecco papà!»

Otto Ritter stava uscendo dal chiosco dell'edicola. Mise un grosso cartello con la scritta *CHIUSO* sulla parte frontale e s'incamminò verso il campo.

Sorrise ai tre ragazzi e fece l'occhiolino a Martin.

«Allora, ci siamo!» disse una volta arrivato.

Nessuno rispose, erano tutti emozionati. Solo Leo annuì. Il papà di Martin prese dalla tasca un cordino rosso e se lo mise al collo. Vi pendeva un fischietto argentato.

«Avanti, ragazzi, un po' di vita!» li spronò l'arbitro. «Oh, ecco i vostri avversari».

La squadra *7 Ottobre* era arrivata.

Avevano una fascia rossa e bianca al braccio, indossavano scarpe da ginnastica tutte uguali e avevano l'aspetto di veri atleti. Leo era davvero stupito, ma non tanto perché si muovevano come se avessero già vinto il torneo e fossero padroni della piazza, ma per la formazione della squadra. Normalmente Herbert Mann guidava una squadra con quattro titolari e due riserve, per un totale di sei giocatori, ma questa volta...

«Ehi, sono in sette!» disse Felix. «Ma aspetta, quello...»

«No, non è possibile» si lamentò Martin.

La banda di Jo l'Amerikaner fischiò, urlò e batté le mani a più non posso.

Herbert Mann si piazzò a gambe larghe di fronte a Leo e amici. Aveva sottobraccio il suo pallone nuovo. Sogghignò.

«Allora? Siete pronti a farvi massacrare? Oppure avete paura?»

«Piantala, Mann» rispose Felix. «Non siamo noi quelli che hanno bisogno di chiamare rinforzi...»

Il pubblico scoppiò a ridere.

Una raffica di vento colse tutti alla sprovvista. Era aria fredda e portò odore di pioggia.

«Fate pure gli spiritosi» rispose il capitano della *Ottobre*. «Siamo liberi di chiamare in squadra altri giocatori, no?»

«Sì, è vero» rispose Leo guardando negli occhi il settimo avversario. «Ma non vi servirà a niente».

«Può essere, può essere, si vedrà» disse ancora Herbert. «Ma mio cugino ha insistito così tanto che non potevo lasciarlo fuori dalla squadra...»

Il capitano della *7 Ottobre* allungò la mano verso il nuovo giocatore. Questi fece un ulteriore passo avanti e si tolse il giaccone militare. Era Jo l'Amerikaner e anche lui aveva la fascia della squadra al braccio.

«Che c'è, mostriciattolo?» disse squadrando Leo da capo a piedi. «Hai visto un fantasma? Paura?»

Leo si sentì avvampare.

«Io non ho paura di niente».

Lontano, a est, si udì un tuono.

«Facile a dirsi prima dell'inizio, eh? Ne riparliamo quando saremo nove a zero per noi...»

Il bullo si godette i risolini dei suoi compagni di squadra. Poi fece una faccia esageratamente stupita.

«Oh, ma siete solo in tre, oggi... Poveri piccoli».

«Presto saremo in quattro!» scattò Martin. «E allora vi faremo vedere!»

«Aspettiamo, allora?» chiese a quel punto Otto Ritter,

che era rimasto silenzioso per tutto il tempo. Girò il polso e lesse l'orologio. «In realtà sono le quattro passate...»

«Siamo qui per giocare» sentenziò Herbert Mann. «Per noi non è un problema se siete solo in tre. A meno che non lo sia per voi».

Il neo sul suo viso parve più grosso e orrendo del solito.

«Certo, perché voi siete sette!» rispose Leo.

«Avanti, giù le giacche, ragazzi» ordinò il capo della *7 Ottobre*.

I suoi compagni corsero a segnare la posizione dei pali. Otto li seguì per controllare che tutto avvenisse regolarmente.

«Leo, sei sicuro che...?» mormorò Felix all'orecchio del suo capitano. Il suo fiato profumava di fritto.

«Arriverà».

«Sì, ma...»

«Ho detto che arriverà».

«Che succede?» domandò l'Amerikaner. «Non ve la sentite? Volete rinunciare?»

Mise le mani sui fianchi e li guardò con disprezzo.

Leo si voltò verso i compagni. Negli occhi di Martin lesse una rabbia bruciante, il desiderio di battersi a qualunque costo. Il volto di Felix, normalmente sereno, era oscurato da un'ombra di preoccupazione. Il portiere si passò un dito in bocca alla ricerca di frammenti di patatine.

«Oh, be', che sarà mai?» chiese facendo spallucce. «Al massimo perdiamo. Io dico: giochiamo».

Poi si portò il sacchetto alla bocca e lo gonfiò con un soffio.

Leo annuì. Sperava che i suoi amici volessero affrontare la *7 Ottobre* comunque. Ma gli bruciava che Hanna ancora non si fosse fatta viva.

«Va bene» disse infine. «Mettiamocela tutta».

Felix fece scoppiare l'improvvisato palloncino. Il botto attirò l'attenzione di tutti.

«Allora?» chiese Herbert, appoggiandosi di schiena al cugino. Jo l'Amerikaner lo sovrastava di tutta la testa. «Vi capisco, eh... Non potete farcela e avete deciso di risparmiarvi una figuraccia».

Fu il turno di Leo di sogghignare. «Vedi, Mann? È questa la differenza tra noi e voi» gli disse assaporando ogni parola. «Siamo noi, qui, quelli che vogliono giocare davvero. E non abbiamo nessuna paura. Giocheremo anche in tre, se serve».

«Molto bene, allora» disse Otto Ritter. «Squadre in campo, capitani stringetevi la mano. Palla al centro!»

Alle spalle della *7 Ottobre* ci fu un po' di confusione. Qualcuno protestò e un gruppo di ragazzini si aprì improvvisamente.

«Un momento!» disse una voce che Leo riconobbe subito. «Ci sono anch'io!»

Era arrivata Hanna. E proprio in quel momento un tuono esplose sopra il campo di Kindheimplatz.

Otto Ritter aveva messo il pallone logoro al centro del

campo e le squadre si erano schierate. Leo e Hanna andarono all'incontro con Herbert e Jo l'Amerikaner.

«Ce ne hai messo di tempo, credevo non saresti venuta!» mormorò Leo ad Hanna. «Ti sei persa?»

«Scusa» rispose lei, avvilita. «Ho avuto problemi con mio papà».

«Tuo papà, l'alto ufficiale della polizia, vorrai dire...»

Hanna gli lanciò un'occhiata ferita e Leo si sentì mordere dal rimorso.

«Sì, lui. Ma non gli interessa quello che faccio durante il giorno, quindi perché avrei dovuto dirvi qualcosa? E poi, *cosa*, scusa? Dovevo dirvi che mio papà è un capitano della *Volkspolizei*? Che vivo con lui, un gatto paffuto e una zia che sembra un gendarme? Mica ho chiesto di chi siete figli voi, no?»

«Già. Be', almeno sei arrivata. Meno male».

«Sì, sono qui. Siamo tutti un po' nervosetti, eh?»

«Hai visto chi hanno in squadra...?»

Hanna annuì. «Non farà alcuna differenza, Leo. L'abbiamo già battuto una volta, possiamo rifarlo».

Stupito, lui le sorrise.

«Allora, ci siete?» gridò loro Herbert Mann di fronte al pallone. L'Amerikaner era a pochi passi di distanza, con un'espressione cattiva sul viso. «Avanti, voglio farvi a polpette e tornare a casa per merenda».

Tutta la *7 Ottobre*, anche quelli in attesa tra il pubblico, sentirono la sparata e risero. Alcuni dei ragazzi delle squadre sconfitte fecero "Booh!", ma molti applaudirono.

«Fateli a pezzi! Pezzi molto piccoli!» incitò Emil.

«Basta così» intimò Otto, nel suo ruolo da arbitro. «È soltanto un gioco, finitela! Capitani, da me».

Mentre con Herbert si recava verso la linea di confine delle due città, e verso Otto, Leo vide che l'arbitro prendeva dalla tasca una moneta. Quando furono nei pressi, l'uomo la mise sul dorso della mano, la coprì e si rivolse a Herbert.

«Testa o croce?»

«Fa' scegliere a lui, per noi è uguale».

Otto si rivolse a Leo.

«Croce».

L'arbitro lanciò la moneta in aria, con un abile scatto del pollice e tutti gli sguardi la seguirono. Leo la vide roteare contro il cielo ormai nero, mentre le prime gocce di pioggia le cadevano intorno. La moneta atterrò sulla mano e Otto la mostrò.

«Testa!» esclamò il capitano della *7 Ottobre*. «L'avevo detto che non avrebbe fatto differenza, no?»

«Va bene, a voi la palla» disse Otto.

Si diressero al centro del campo.

Leo si sentiva emozionato, teso, con il cuore in gola e una gran voglia di correre con la palla al piede. Voleva volare verso la porta, tirare per fare goal e spingere tutta la sua squadra a fare altrettanto. Osservò Hanna e la trovò determinata e attenta. La ragazza si mordeva il labbro e guardava gli avversari. A sinistra, Martin era nervoso e teso come una corda di violino. Leo gli rivolse un cenno d'incoraggiamento e il piccolo Ritter rispose annuendo. In porta, dietro di loro, Felix sorrideva, pacifico, con le braccia larghe e il viso alzato verso la pioggia.

«Ehi, vedetela in questo modo» disse il portiere ai suoi compagni. «Almeno giocheremo stando freschi».

Fu allora che Otto fischiò l'inizio della partita.

Cap. 9

LA SFIDA DI UNA VITA

Fin dalla prima azione, Herbert e i suoi fecero pochi tentativi per andare in porta. Invece organizzarono piccole puntate per studiare gli avversari. Ma intanto, anche Leo studiò la tattica della *7 Ottobre*. E vide che erano davvero bravi.

Herbert Mann, al centro, era un perfetto capitano e centrocampista, Leo doveva ammetterlo. Per quanto antipatico e sgradevole, teneva palla abilmente e aveva un senso tattico spiccato. Alla sua destra, contrapposto a Martin, c'era Piet Strehler, magro e piccolo di statura, aveva un grosso naso e occhietti neri che lo facevano somigliare a un topo. Era capace di scatti improvvisi, pericolosissimi. Jo l'Amerikaner, giocava sulla fascia opposta, direttamente contro Hanna. Non era particolarmente abile e nemmeno molto veloce, ma la stazza e la cattiveria lo rendevano temibile. In porta, la *7 Ottobre* schierava Rupert Stol, il più alto della scuola. Aveva braccia lunghissime e non perdeva mai di vista il pallone.

La pioggia, aveva cominciato a cadere e ora era fine ma insistente. Ovattava i suoni e i rumori della città, tanto che a Leo parve che non vi fosse più nulla, all'infuori del campetto di Kindheimplatz.

Poi, come in seguito a un segnale segreto, tutto cambiò.

Dopo un'azione infruttuosa della *Neukölln*, Rupert lanciò lungo e l'Amerikaner scattò in avanti per prendere la palla. Allo stesso tempo, Piet Strehler si precipitò sulla fascia. Martin marcò l'avversario, ma Hanna si trovò a scontrarsi con Jo. La massa e la forza del bullo ebbero la meglio e la ragazzina venne travolta. Il ragazzo puntò verso il centro, solo per trovarsi davanti Leo.

«Ora ti schiaccio, pidocchio» ringhiò il bullo.

«Provaci».

Jo l'Amerikaner rallentò per controllare meglio la palla.

«No! Muoviti! Passa!» gli urlò Herbert Mann mentre avanzava verso la porta di Felix.

L'Amerikaner voltò la testa per controllare la posizione dei compagni e Leo scattò. Fece una scivolata, aiutato anche dal fondo bagnato del campo, e colpì il pallone. Questo schizzò via, lontano, in direzione di Hanna, che subito sfruttò l'occasione.

Il portiere della *Ottobre* rientrò veloce e l'Amerikaner si lanciò all'inseguimento della ragazzina.

Leo la vide controllare la posizione degli avversari, rallentare per evitare di finire in una morsa tra Jo ed Herbert, e lanciare un cross che attraversò tutto il campo.

La palla arrivò precisa tra i piedi di Martin. Il piccolo Ritter la controllò, poi fece uno scatto in avanti.

Saltò Piet, manovrò per evitare Herbert Mann, puntò

in direzione del portiere... e cadde. Falciato da un colpo di punta dello stesso capitano della *7 Ottobre*.

Il fischio di Otto risuonò forte e acuto. Martin si rialzò da terra, bagnato, sporco e furioso.

«Ma sei impazzito?» gridò al capitano della *Ottobre*. «Volevi spezzarmi una caviglia?»

«Ho puntato al pallone, scusa!» rispose l'altro.

«Calcio di punizione!» gridò Otto.

Solo allora Leo notò che l'arbitro correva esclusivamente lungo il lato occidentale del campo, ben oltre la linea bianca che divideva in due la piazza.

«Lo batto io!» disse Leo ai compagni.

«Va', Leo!» lo incitò Felix.

La *7 Ottobre* si chiuse in difesa, con l'Amerikaner a fare da barriera. Martin e Hanna si prepararono.

La porta era lontana e coperta, quindi Leo scelse di fingere un tiro in direzione di Hanna, puntando invece a Martin. Fu un pallonetto perfetto e morbido, che colse gli avversari di sorpresa. Herbert, Piet e Jo erano ancora rivolti verso Leo, quando Martin calciò la palla verso il "palo" più vicino.

Il pallone volò sicuro sotto la pioggia...

Ma Rupert Stol lo intercettò senza fatica.

«Sotto! Sotto!» gridò il portiere della *7 Ottobre*. Rinviò con le mani e Piet portò la palla in attacco.

Appena Martin gli fu sotto, l'ala destra della *Ottobre*

passò al centro. Leo si fece avanti, pronto a contrastare Herbert, ma questi passò a Jo appena superata la metà campo. L'Amerikaner avanzò tenendo la palla bassa. Hanna gli si avvicinò e il bullo passò di nuovo a Herbert.

Erano vicini. Troppo.

Leo intervenne, con l'intento di rubare la palla. Herbert la controllò bene, si voltò di spalle, lo tenne lontano con il corpo. Leo vide Martin avanzare per un raddoppio, Herbert se ne accorse e lanciò sulla fascia.

Piet scattò in avanti, velocissimo, a testa bassa. Intercettò la palla prima che uscisse in fallo laterale e sotto lo sguardo di tutti preparò il tiro.

Leo fece per scattare, ma Herbert lo trattenne per la maglia.

«Ehi!» gridò lui.

Il capitano avversario l'aveva già superato.

Piet fece partire un cross che raggiunse la fascia opposta. Jo l'Amerikaner attese che Hanna avanzasse per scattare di lato. Colpì male la palla con il piede e questa volò verso il centro. Herbert la calciò al volo, sparandola verso Felix.

Il portiere della *Neukölln* la respinse con gli avambracci, ma prima che la palla rimbalzasse via, Piet Strehler si fece sotto, la centrò di testa e la mandò verso l'angolo lontano della porta.

Otto fischiò la rete e il pubblico esultò.

«Goal!» gridò Herbert Mann. «Goooal!!!»

La *7 Ottobre* era appena andata in vantaggio.

«Così non funziona. Accidenti!» commentò amareggiato Martin, mentre Felix riportava il pallone in campo.

«Dobbiamo stare attenti, dobbiamo tenere la palla» disse Hanna.

«Senti, non dirmi cosa devo fare» ribatté il piccolo Ritter, pulendo le gocce dagli occhiali.

La pioggia gli aveva appiccicato i capelli alla testa, dandogli l'aria di un pulcino di gufo.

«Credevo fossimo una squadra» fu il commento della ragazza.

«Basta così» intervenne Leo.

I due rimasero in silenzio. La *7 Ottobre* stava ancora festeggiando e Otto Ritter attendeva il pallone.

Leo guardò le nuvole, cavalloni scuri che sembravano scorrere appena sopra i tetti di Berlino. Gli scrosci di pioggia erano veli d'acqua che cadevano in diagonale, dando al mondo un aspetto irreale, magico.

Non si era mai sentito più vivo. Respirò a pieni polmoni l'aria elettrica dal profumo metallico, guardò i compagni di squadra.

"Hanno bisogno di una guida" comprese. "Si aspettano che il loro capitano gli dica cosa fare. Franz l'avrebbe fatto, ma ora tocca a me".

«Ok, statemi a sentire» disse rivolgendosi anche a Felix,

che si era avvicinato. «Ci proveranno di nuovo, il temporale metterà loro fretta, perché vorranno andare a casa ma non vorranno essere i primi a mollare, quindi attaccheranno ancora. Prendiamo palla e teniamola. Giochiamo con attenzione. Martin, non sprecare i palloni».

L'altro annuì.

«Hanna, Jo vuole dimostrare qualcosa con te, che è più forte...»

«Che è più stupido» intervenne lei.

Gli altri risero.

«Sì, anche. Ma ti verrà ancora addosso. Sta' pronta, cerchiamo di sfruttare la cosa. Dobbiamo evitare di avere fretta e possiamo farcela. Felix...»

«Dimmi, capo».

«Vieni avanti ogni volta che la palla è al centro, ma sta' pronto a rientrare. Ci serve un punto d'appoggio a centrocampo».

Si levò un grido dalla *7 Ottobre*. Leo vide che gli avversari si stavano sbracciando per chiamare quelli della *Neukölln*. Anche Otto sembrava impaziente.

«Va bene» disse Leo. «Diamoci dentro».

Prima ci fu il lampo, una scarica bianca che lasciò macchioline viola negli occhi di Leo. Poi venne il tuono, proprio mentre si chinava e metteva la palla per terra, un fragore da restare assordati. Chiuse gli occhi, si godette la pioggia sul viso e li riaprì. Sapeva perfettamente cosa fare.

Un guizzo del piede e diede il calcio d'inizio. La palla andò a sinistra, Martin la prese e corse in avanti. Si guardò in giro e passò di nuovo a Leo.

Il capitano della *Neukölln* avanzò cauto. Herbert Mann gli si fece incontro, con un ghigno di scherno e le gambe larghe. Troppo larghe.

Leo gli fece un tunnel perfetto, scattando per prendere la palla appena questa fu dietro la schiena dell'avversario. Il pubblico impazzì.

Hanna balzò in avanti e ricevette la palla. Jo l'Amerikaner si mosse per fermarla, ma la ragazzina si voltò e passò all'indietro a Felix.

Il grosso portiere la controllò piano, dando tempo alla squadra di muoversi in avanti, alla ricerca di posizioni migliori.

Martin alzò un braccio e finse di andare all'esterno. Cambiò subito direzione e puntò al centro. Felix gli lanciò la palla e il piccolo giocatore la toccò di prima, per Leo.

La pioggia batteva per terra e già si erano formate pozzanghere. Il vento era freddo e soffiava tagliente da est. Ma non importava, contava solo il momento. E la partita.

Leo poteva sentire la tensione negli avversari. Provò un affondo e la difesa della *7 Ottobre* gli si chiuse davanti. Prima di perdere palla passò ad Hanna, che controllò bene. Si spinse il pallone in avanti ed entrò in area dalla destra.

Leo indietreggiò subito, alzò le mani, sperando che gli avversari si aspettassero un cross verso di lui.

Funzionò: Piet ed Herbert si spostarono al centro, mentre Rudolf teneva d'occhio la situazione.

Hanna si mosse verso fondocampo, si avvicinò allo specchio della porta e costrinse il portiere a uscire.

I difensori corsero per fermarla. Martin si posizionò bene sulla sinistra, pronto a infilare la porta. Leo si preparò a ricevere un passaggio, se Hanna avesse tirato.

La situazione era ideale.

La ragazzina diede al pallone ancora un colpo con il sinistro, sollevò un braccio, caricò il colpo con la destra e...

Jo l'Amerikaner la spazzò da dietro.

Fu un colpo violento, brutale, del tutto inaspettato. Il piede del bullo falciò via la gamba sinistra di Hanna, facendola urlare sorpresa. Lei cadde a terra di schiena, dritta in una pozzanghera, mentre l'Amerikaner se ne usciva con una grassa risata. I suoi bulli gli fecero eco, come un branco di iene. Otto Ritter fischiò con forza. Gli spettatori gridarono indignati.

«L'ho appena toccata!» urlò il bullo fingendo stupore.

Leo rimase congelato sul posto, aveva visto l'espressione cattiva con cui Jo aveva colpito Hanna.

Martin, invece, reagì con più rabbia di tutti: caricò a testa bassa. Jo l'Amerikaner, però, era abituato alle risse e non si fece sorprendere. Si spostò di lato e diede uno scappellotto al piccolo Ritter, facendolo volare nel fango, di fianco alla compagna di squadra.

«Menalo, Jo!» gridò Emil da bordo campo.

Gli altri due bulli risero mimando la scena, con tanto di sberla e caduta. Leo non ci vide più dalla rabbia.

«Ehi! Ma sei impazzito?» Si avvicinò al bullo con le mani strette a pugno e una gran voglia di fargliela pagare.

«Leo!» gli gridò da dietro Felix.

L'amico lo stava raggiungendo di corsa.

«Che c'è, tappo, ne vuoi anche tu?» lo sbeffeggiò Jo.

«Brutta carogna, io...» cominciò Leo pronto a sferrare un pugno, ma prima che potesse colpire, le braccia di Felix lo trattennero.

«Lascia stare, non ne vale la pena» disse il grosso portiere.

Intanto, Herbert Mann e il resto della squadra si erano avvicinati ai due della *Neukölln* finiti a terra.

Ridevano come matti e li indicavano.

Martin raccolse gli occhiali e si rialzò. Aveva le labbra tanto strette che sembravano una riga di matita. Hanna si rimise piano in piedi. Scostò una ciocca di capelli schizzati di fango e si chinò a massaggiarsi la caviglia.

«Ehi, senti» disse a quel punto il capitano della *7 Ottobre* rivolto alla ragazza. «Forse non te l'ha detto nessuno, ma non è proprio un gioco per femmine, questo».

Lei lo fissò in viso con occhi di ghiaccio. Poi gli sorrise e fece cenno con la testa verso il lato ovest del campo.

Leo seguì lo sguardo di Hanna: Otto Ritter, indicava con aria severa la porta della *7 Ottobre*.

«Siete dei babbei» rispose lei. «Ci avete appena regalato il tiro del pareggio».

Era rigore.

Herbert Mann protestava da alcuni minuti: «Non è giusto! Non è rigore, non era mica in area!».

«Esatto, al massimo è un calcio di punizione» aggiunse Piet, muovendo il naso come un grosso topo bagnato dal temporale.

«Tieni» disse Martin togliendosi gli occhiali e porgendoli a Herbert. «Se non riesci a vedere che è rigore, ne hai bisogno più tu di me!»

Questo fece esplodere Felix in una risata fragorosa. Anche Hanna trovò divertente la cosa. Leo era sempre più stupito della sua squadra, e orgoglioso di ciascuno di loro. Intanto, la pioggia scrosciava.

«Siete ridicoli» disse proprio Leo a tutta la *7 Ottobre*. «Siete arrivati in finale per la vostra bravura e ora volete buttare via tutto con il gioco scorretto? Dovreste vergognarvi».

«Zitto, tappo» gli disse l'Amerikaner.

Un altro tuono fragoroso fece sentire la propria voce. Il pubblico non sembrava più tanto intenzionato a rimanere a guardare la partita. Alcuni stavano già correndo a casa, con le giacche sulla testa.

«Finitela, questo è rigore!» insistette Leo.

«Ma come fa a esserlo? L'arbitro è dalla vostra parte» disse Herbert. «È il papà di Martin! E poi... non è neanche in campo! Che ci fa oltre la linea laterale, eh? Come fa a vedere bene quello che succede?»

Questo colse impreparato Leo, era vero: cosa ci faceva oltre la linea, Otto? Si voltò a guardare Martin, ma questi stava parlando fitto con Hanna, la quale gli aveva messo entrambe le mani sulle spalle e gli sorrideva.

Leo vide il papà di Martin annuire solennemente: aveva capito cosa gli veniva chiesto.

Varcò la linea delle due metà della piazza e camminò verso la porta della *7 Ottobre*.

«Avanti! Rigore!» gridò Otto Ritter sopra il fragore del temporale. «Tutti dietro la palla. Chi tira?»

Leo si voltò a guardare Hanna, ma la ragazza fece cenno di no con la testa. Era ancora dolorante.

«Papà, ma cosa...?» cominciò Martin, ma Otto gli intimò di tacere con uno sguardo.

«Lo batto io» annunciò Leo.

Rupert era in porta, le braccia leggermente divaricate, le gambe piegate, pronto a buttarsi da una parte o dall'altra. L'acqua pioveva a dirotto e gli scorreva sul viso e sulla schiena.

Leo era a undici passi di distanza, proprio come durante la sfida di pochi giorni prima, ma questa volta, a fronteggiarlo, c'era un portiere vero, non sarebbe stato facile. Sentiva la pioggia battergli sulla testa e sulle spalle. Poteva percepire il bruciare degli sguardi dei suoi compagni di squadra e degli avversari. Scrosci violenti si abbattevano in diagonale su tutti, giocatori e spettatori.

«Questo non cambierà niente!» sentì dire da Jo l'Amerikaner.

«Dai, Leo, dai!» lo incitò Martin.

La piazza era silenziosa sotto il diluvio ruggente. Ormai era praticamente impossibile continuare a giocare. Leo non era nemmeno sicuro di riuscire a calciare con precisione. Gli edifici non si vedevano più e gli spettatori rimasti, adulti e bambini, erano tutti zitti e immobili. Tranne... in un punto, a est, dove sembrava esserci qualche tipo di calca. Qualcuno si stava facendo largo tra i ragazzini ammassati. Leo scrutò Rupert Stol. Era fermo, con il volto assorto. Otto Ritter era a destra della porta. Guardò il portiere e poi portò il proprio sguardo a incrociare quello di Leo.

C'era una strana espressione nel suo viso, notò Leo. Una sorta di calma tristezza.

Otto portò il fischietto alla bocca e ne trasse un trillo acuto.

Leo deglutì, con il cuore che batteva a mille, e partì verso il pallone. Ogni passo sollevava spruzzi. Rupert sembrava una statua sotto la pioggia.

Colpì la palla di punta, forte, caricando il colpo con

tutto il proprio peso, senza pensare. Il pallone si alzò sotto la tempesta, fendendo gocce di pioggia con la potenza di una sassata.

Rupert vide la traiettoria e si buttò verso sinistra, con entrambe le mani protese. Leo ebbe un brivido: avrebbe parato il tiro.

La sfera volò rapida, le mani di Rupert la raggiunsero, la toccarono, ma la superficie di cuoio bagnata scivolò via tra le dita del portiere. Sfrecciò alle spalle di Rupert Stol verso il fondo della piazza, rimbalzando sul suolo bagnato.

Era il goal dell'uno a uno.

Leo gridò di gioia.

E mentre il pubblico e la squadra di *Neukölln* esultavano, altri fischietti fecero sentire la propria voce.

In un attimo, quattro figure con le uniformi verdi della *Volkspolizei* irruppero nel campo, puntando verso l'arbitro.

«Otto Ritter!» chiamò un graduato. «In nome della Legge la arresto per diserzione dalla Repubblica e incitamento al tradimento!»

Cap. 10

LACRIME NEL DILUVIO

Kindheimplatz era un deserto grigio dai contorni sfumati. Le linee di gesso si scioglievano sotto l'assalto del temporale. Solo quella di vernice, quella che spaccava in due Berlino, resisteva.

«Papà!» urlò Martin lanciandosi verso i poliziotti, che già stavano prendendo in consegna Otto Ritter. «Lasciatelo, lasciatelo stare!»

Felix cercò di trattenere l'amico, ma Martin gli sgusciò tra le braccia. Raggiunse il padre e gli abbracciò la vita, mentre i *Vopos* lanciavano sguardi interrogativi al proprio superiore.

«Ci deve essere un errore» disse Otto. «Faccio solo l'edicolante».

«Lei è Otto Willhelm Ritter, nato a Norimberga nel 1921, cittadino di Berlino Est dal '46 e traditore della sua patria dal '54» rispose il graduato citando a memoria. «È stato visto intrattenere rapporti con cittadini della DDR prima che fuggissero. Sappiamo che favorisce i transfughi. Portatelo via!»

Il vento si era fatto più forte e l'acqua cadeva con violenza. Leo faticava a tenere gli occhi aperti. Aveva freddo.

La banda di Jo l'Amerikaner si era letteralmente volatilizzata all'apparire dei poliziotti. Anche il capo dei bulli approfittava del momento per raccogliere il giaccone militare, metterselo sopra la testa a mo' di cappuccio e svignarsela.

«Cosa fate?» gridò Hanna ai poliziotti. «Non potete!»

«Vattene, ragazzino» disse il graduato a Martin. «Via, o dovrò arrestare anche te».

«Non mio papà, no!» la voce di Martin giungeva debole.

Aveva il viso contro la pancia del padre e la pioggia copriva le parole. Leo era sicuro che stesse piangendo.

«Avanti, prendete anche lui».

«No!» urlò Otto. «Martin, Martin ascoltami».

Il graduato fece un cenno e i poliziotti cominciarono a trascinar via entrambi, padre e figlio.

«Leo!» chiamò Otto. «Leo, prendilo, per favore».

Si mosse, come in un sogno, un incubo liquido di cui poi avrebbe ricordato ben pochi dettagli. Il terzetto arretrava e, in qualche modo, Otto era riuscito ad allontanare Martin.

«Non puoi fare niente, adesso» diceva l'arbitro del torneo che non c'era più. «Torna a casa. E poi va' da tua zia Hilde. Resta con lei... avrete mie notizie, te lo prometto».

Leo si ritrovò la schiena di Martin tra le braccia. Sentiva l'odore dei suoi capelli bagnati, la pelle che scottava.

«No! Papà, no!!!» gridò ancora il figlio di Otto.

«Portalo via, Leo. Portalo via!»

«Andiamo» disse lui.

I poliziotti si stavano muovendo con maggior decisione e Otto li assecondava. Il viso preoccupato solcato da rivoli d'acqua sembrava una maschera di pietra.

«Papà!» Martin provò ancora a divincolarsi, ma Leo lo tenne fermo. Anche Felix lo aiutò. «Lasciatemi» disse il piccolo Ritter.

Solo quando i *Vopos* furono oltre il muro d'acqua, Leo e Felix lasciarono andare Martin.

«Cosa facciamo?» chiese il portiere.

Leo lo guardò ma non seppe cosa rispondergli.

Felix prese una decisione. «Andiamo» disse a Martin. «Ti porto a casa».

E con estrema gentilezza gli mise il grande braccio intorno alla schiena. Parve quasi avvolgerlo in un abbraccio protettivo. Una mano sulla spalla, l'altra sul viso, a proteggerlo dalla pioggia. E si allontanarono.

Leo si chiese se dovesse seguire gli amici, ma la verità era che non voleva vedere Martin in quello stato. Non voleva vederlo soffrire. Tutto si era disfatto sotto i suoi occhi, con quell'ultimo calcio di rigore. La sua estate, il torneo… tutto andato al suono di un fischio.

Qualcuno era al suo fianco.

Leo si voltò e vide Herbert Mann. Il volto normalmente antipatico era atteggiato in una smorfia di incredulità tanto forte da non poter essere una finta.

Il ragazzo della *7 Ottobre* si passò inutilmente le mani sui capelli e sul viso, cercando di fermare la pioggia.

«Ehi» disse piano.

«Cosa vuoi?»

Herbert deglutì e parve riacquistare un po' della solita strafottenza.

«Senti, non abbiamo finito» disse a Leo. «La partita, dico. Forse dovremmo giocare ancora, perché comunque...»

Leo si sentì bruciare dentro, poi comprese che quello che gli stava dicendo Herbert era esattamente quello che sentiva.

«È importante» terminò lui la frase.

Herbert ne fu sorpreso.

«Ci vediamo domani» disse. «Se per voi va bene, insomma...»

Poi mise una mano sulla spalla di Leo, che glielo lasciò fare senza opporsi.

«Digli che mi dispiace».

Anche il capitano della *7 Ottobre* si allontanò nella pioggia. Raccolse la sua giacca e andò via.

Le gocce che battevano sul terreno erano lacrime per Berlino, per il torneo interrotto, per un padre rapito. Erano le lacrime di Leo, che sentì i suoi occhi ardere e un bruciore nel petto ogni volta che respirava. Si sentì strozzare, ebbe un conato di vomito e si piegò in avanti.

Non accadde nulla, ma rimase chino su se stesso per

alcuni istanti, schiacciato dal pensiero di cosa doveva provare il suo amico in quel momento.

Solo a quel punto sentì una mano gentile sulla schiena. Un corpo fragile adattarsi al suo, un abbraccio.

«Mi dispiace» disse una voce debole al suo orecchio. Era Hanna.

Leo guardò Hanna con occhi velati di pianto. La ragazzina teneva lo sguardo basso.

«Mettiamoci al riparo, Leo».

«A che serve?»

E allora lei gli si accucciò a fianco. «A non prendersi un malanno, direi». Un altro tuono, proprio sopra di loro, la fece rabbrividire. «Leo... andiamo, dai».

Lui la guardò come se la vedesse per la prima volta.

«Cosa ci fai qui?» chiese.

Hanna si lasciò sfuggire una risata triste. Lo prese sottobraccio e lo rimise in piedi.

«Ti metto al riparo» gli disse.

Si lasciò portare oltre la linea del confine e poi fin sotto la tettoia dell'edicola di Otto. Si domandò chi avrebbe aperto, l'indomani.

«No, davvero» disse a quel punto. «Che ci fai qui? Non ti avevo mai vista prima di pochi giorni fa. Sei arrivata tu, e...»

«E...?» gli occhi di lei si indurirono.

«Non lo so. Tutto è andato storto».

«Ah, grazie tante!»

Restarono in silenzio, mentre la pioggia bussava sulla tettoia di plastica ondulata. L'aria odorava di elettricità.

I capelli bagnati di Leo gli rovesciavano un torrente di gocce lungo il viso, fino a farle raccogliere appena sotto il naso.

«Sei stata tu» disse in un sussurro. E le spalle gli caddero. Un sospiro lo squassò dal profondo. «Dio mio, sei stata tu a vendere Otto».

«Leo!»

«Cosa ci facevi, qui?» gridò. «L'altro giorno, quando abbiamo sfidato Jo e i suoi. Perché eri qui?»

Hanna aprì la bocca incredula.

«Non posso dirtelo».

Lui incrociò le braccia sul petto e tirò su il mento.

«Non serve, l'ho capito».

«Spiegati» gli rispose la ragazzina e i suoi occhi sembravano punte di spillo.

«Parlavi fitto fitto con Otto, l'altro giorno» disse Leo ricordando. Aveva il cuore che batteva come una grancassa e avvertiva la febbre, ma doveva dare sfogo a quello che sentiva dentro. «Ti sei fatta dire cosa facesse, non so come… A me non l'ha mai detto!»

«Stai prendendo un granchio, Leo. Fermati».

«Altrimenti? Parlerai di me a tuo papà?»

Lo schiaffo con cui Hanna lo colpì risuonò più forte di qualunque tuono.

«Sei impazzita?»

«No, tu sei completamente matto! Come ti permetti?»

Hanna aveva occhi grandi e furiosi. Il labbro le tremava.

«Io? Sei tu che sei venuta a cercarci. Hai puntato Otto, non so per quale motivo, se non per poterne parlare a tuo padre, il grande ufficiale! E sei entrata in squadra apposta!»

«Mi hai invitata tu nella tua stupida squadra».

«Perché hai visto che ci serviva un giocatore, è chiaro!»

Leo non riusciva più a fermarsi, tutta la rabbia e la frustrazione uscivano con forza.

«Leonard, sei fuori di testa. Basta, non voglio più ascoltarti».

«Io non ti obbligo di certo» rispose lui con astio.

«Domani... domani ti sarà passata» Hanna piangeva apertamente, ora. Tirò su col naso e prese fiato. «Vedrai, domani sarà tutto a posto. Parlerò con mio papà. E potremo giocare. Li batteremo, eh? Li batteremo, sì».

Il temporale stava ora rotolando verso occidente, con tuoni che sembravano i brontolii di un mostro. La belva si era scatenata, aveva colpito e ora se ne andava via, sazia. Si era portata via l'estate e la gioia. Leo si sentiva esausto.

«No. Grazie tante» rispose lui, sedendosi su una delle cassette che Otto usava per esporre i giornali. Si passò una mano sulla fronte: scottava. «Non ti scomodare. E resta pure a casa».

«Ma ho sentito Herbert che ti diceva che si gioca domani e...»

Leo alzò uno sguardo stanco. Improvvisamente non aveva più voglia di guardare Hanna. Non voleva neanche più parlarle.

«Vattene. Non fai più parte della squadra».

Ecco, l'aveva detto. L'aveva finalmente colpita con tutta la forza di cui era capace, togliendole quella che a suo avviso era la cosa più importante.

Una parte di lui sorrise nel vedere la sorpresa e il dolore sul volto di Hanna. Un'altra parte, invece, avrebbe voluto gridare e prendersi a sberle.

Lei rimase in silenzio, incredula. Poi si sistemò il vestito, lisciando le pieghe fradice di pioggia. Cercò di togliersi il fango di dosso, ma ormai aveva l'abito inzuppato. Ci rinunciò. Posò sul viso di Leo uno sguardo in cui lui vi lesse disprezzo e rabbia, poi si voltò.

Leo la vide allontanarsi verso Est, oltre la linea bianca, con la treccia bionda che oscillava piano, zuppa e appesantita.

Cap. 11

13 AGOSTO 1961

Il soffitto gli stava cadendo addosso, Leo ne era sicuro.

Poteva vedere come i modellini di aerei appesi al lampadario venissero colpiti dai frammenti di intonaco e mattoni. Ballavano come insetti impazziti nei pressi di una fiamma. I pezzi di muratura precipitavano da altezze vertiginose, sfiorando le fusoliere dei jet, tutti con la livrea Lufthansa sulla fiancata.

«Leonard? È il comandante che ti parla» la voce di suo papà giunse distorta dall'altoparlante di una radio.

Trasmetteva dal modellino di un Boeing 727 che non ricordava di aver mai costruito e appeso. Eppure… eccolo lì.

«Sta crollando tutto e devi metterti al riparo, passo».

«Non posso!» rispose Leo. I polsi e le caviglie erano chiusi in nodi di lenzuola sudate. «Non ce la faccio e domani dobbiamo giocare di nuovo la finale ma…»

Gli aerei ballavano ancora. La notte era lacerata dai tuoni di un temporale lontano e dall'urlo delle sirene delle ambulanze. O forse della *Volkspolizei*. Leo non si ricordava di essere tornato a casa, anche se aveva memoria di una lunga e feroce discussione con sua mamma. Poi doveva aver avuto degli incubi, perché si ricordava di uno strano senso di paura, di un peso sul petto...

«Papà, è un sogno anche questo?» chiese all'aereo, che ballava in preda alla tempesta.

«Certamente, figliolo, passo».

Non l'aveva mai chiamato figliolo.

«Allora magari potresti tornare a casa, visto che è un sogno? Almeno questa volta...? Potremmo stare un po' insieme. Sai, ho bisogno di te...»

Una scarica di disturbo, poi la voce di suo padre si fece nuovamente sentire, sebbene più lontana.

«... oggi. Forse la settimana prossima. E poi tu devi fare una cosa importante. Non hai ancora finito e...»

«Papà, non ti sento, ripeti!»

«... finale, Leo. Passo».

«Non c'è più la squadra! Martin... suo papà è stato arrestato. E io ho mandato via Hanna».

«Martin tornerà. Anche Hanna, Leo. Ma solo se sarai tu a cercarla perché...»

Un altro pezzo di soffitto cadde, portandosi dietro la plafoniera del lampadario e tutti i modellini appesi. Leo sollevò le braccia per proteggersi, anche se le lenzuola lo trattenevano, e vide che a legarlo era in realtà una maglietta da calciatore. La maglia bianca della nazionale, con il numero 10. La maglia di *Der Boss*. Una maglia divorata dalle tarme e coperta di muffa, con maniche lunghissime e sottili come corde.

Si svegliò di colpo, sudato e con il cuore che batteva come un tamburo.

Andò verso la cucina, passando davanti alla porta del salotto deserto. La mamma aveva lasciato la radio accesa e questa gracchiava con la voce concitata di uno speaker. Incuriosito dal tono allarmato, Leo si fermò ad ascoltare, appoggiato allo stipite della porta.

«Politica» disse disgustato dopo aver colto qualche frase.

Continuò a muoversi verso la cucina. Qui trovò tutto pronto per la colazione. Si imburrò un paio di fette di pane nero e prese un uovo sodo.

Diede un morso, cercando di ricordare i dettagli degli altri sogni che aveva fatto. L'unica cosa che riuscì a fare fu di ravvivare il senso di disagio e malinconia. Gli eventi del giorno precedente lo colpirono come una martellata.

Posò il pane e si passò una mano sugli occhi.

La voce di sua mamma, lontano, nella camera da letto dei genitori, lo riscosse. La mamma stava parlando con qualcuno, sicuramente affacciata al balconcino che dava sul cortile.

Leo si versò il latte in una tazza e bevve. Poi riprese a mangiare.

Squillò il telefono e il suo trillo giunse forte come una scarica di fucile. Cercò di ignorarlo.

Un secondo squillo.

«Leo...? Rispondi per favore!» gli disse la mamma dalla camera.

Un terzo squillo, poi un quarto.

«Leonard?»

Al quinto, lui si alzò.

«Vado!» disse svogliatamente.

Raggiunse il telefono in corridoio all'ottavo squillo, ma quando si portò la cornetta all'orecchio trovò solo la linea libera.

Tornò a finire la colazione.

Qualche minuto più tardi, la mamma fece capolino in cucina. Aveva l'aria stanca e preoccupata.

«Chi era?» domandò.

«Hanno attaccato».

«Forse dovevi muoverti prima. Se ti dico di rispondere, dovresti obbedire».

«Scusa, ho dormito male».

«Lo so, caro» gli disse lei avvicinandosi e posandogli un bacio sulla fronte. «Non hai più la febbre, bene. Quando sono rincasata ho visto che ti giravi e rigiravi nel letto».

Lui si limitò ad annuire.

«Un'ora fa ti ha cercato Felix, ma gli ho detto che eri stanco e ti ho lasciato dormire. È successo qualcosa? Aveva una voce...»

«Grazie» rispose Leo. E le era grato davvero: non aveva voglia di parlare con i suoi amici. «No, tutto a posto».

«Sarà» rispose lei per nulla convinta. «Comunque, vuole che lo richiami».

La mamma si versò un bicchiere di latte e ne bevve un sorso.

«Ah... sono esausta. Penso che andrò a dormire. Ho assistito un'operazione di quattro ore, stanotte. Dev'essere successo qualcosa, però, perché c'era agitazione in reparto, ma non ho chiesto».

Leo rimase a osservarla, incapace di dirle qualunque cosa. Indeciso tra il confidare le sue angosce e lasciare che la mamma si addormentasse tranquillamente. Cosa avrebbe potuto fare, in fondo? Non certo liberare Otto Ritter.

«Va bene» le disse. «Tra poco esco. Devo andare...»

«All'edicola, certo» completò lei la frase. «Salutami il signor Ritter. Ma fa' attenzione, là fuori, Leo. Alla radio dicono che ci sono dei disordini in centro. Qualche dimostrazione, probabilmente. Promettimi che starai lontano dai guai».

«Sì».

«Bene» si tolse le scarpe e camminò scalza fino alla porta della cucina. «Ah, già! Come è andata la tua partita, avete vinto?»

Il sorso di latte che aveva in bocca gli andò quasi di traverso.

«Uno a uno» rispose dopo un attimo. «Ma dobbiamo ancora giocare, perché...»

Lei sbadigliò.

«Ti chiedo scusa. Sono proprio a pezzi. Mi racconti dopo, va bene?»

«Certo, mamma. Buon riposo».

Si vestì quasi senza rendersene conto. La mamma gli aveva messo a lavare gli abiti zuppi del giorno prima. Leo scelse una maglia nuova e un altro paio di calzoncini corti, ma scoprendo che le scarpe si erano miracolosamente asciugate, indossò quelle della partita. Quelle con cui aveva segnato il rigore del pareggio...

... il rigore che aveva portato all'arresto.

Si richiuse la porta di casa alle spalle, con un senso di pesantezza.

Elsa doveva ancora avere la cotta per il suo cantante rock, perché *Hello Mary Lou* risuonava dal piano di sotto.

Scese i gradini, muovendosi lungo rampe in penombra. Più si allontanava la voce di Ricky Nelson e più si facevano sentire quelle delle radio. Tutte sintonizzate su bollettini e radiocronache di qualche evento. Era la voce del mondo dei grandi, quello che Leo non voleva capire, molto più complicato di una semplice partita a calcio.

Fece le ultime scale di corsa e uscì nella fresca mattina berlinese. Pflügerstraße sembrava preda di una strana frenesia. Donne alla finestra, uomini che parlottavano preoccupati agli angoli delle strade, quotidiani sfogliati in ogni dove.

Nell'aria, il grido delle sirene.

Perché non erano via tutti a passare il fine settimana al fresco nei boschi o in riva al fiume? Leo non riusciva a capacitarsene, solo ieri la città si preparava a diventare un deserto e ora sembrava un formicaio in cui qualcuno avesse infilato un bastone. Accelerò il passo.

Si ritrovò a osservare la famiglia Hulvert, che solo ieri pomeriggio sembrava pronta per una vacanza lunghissima. Stavano scaricando l'auto come se fossero appena tornati dalle ferie. La donna aveva un'espressione assente, preoccupata e grigia. L'uomo, invece, si teneva un fazzoletto sulla fronte: doveva aver picchiato la testa, perché del sangue gli scorreva fin sullo zigomo.

Il signor Hulvert incontrò lo sguardo di Leo. Fece per parlargli, ma lui non voleva fermarsi, distolse gli occhi e iniziò a correre.

Pazzia. Berlino sembrava preda della pazzia. Una sorta di delirio frenetico che pareva rispecchiare quello che Leo sentiva dentro di sé.

All'angolo con Rütlistraße, di fronte al cantiere del campo sportivo, vide dei soldati armati che marciavano. Tra le ruspe immobili c'erano camion militari con i motori accesi. Anche a Leo, come a tutti i ragazzini della sua età, i soldati erano sempre piaciuti. Si fermò a guardarli e ne contò sessanta. Erano tedeschi e si dirigevano impassibili verso il fiume. La gente li guardava con preoccupazione.

Passò di fronte alla tintoria della signora Fuller, un negozietto dall'insegna in ferro battuto, in un palazzo che esibiva ancora le ferite della guerra. A Leo piaceva la tintoria, sua mamma ce lo mandava spesso per ritirare le uniformi che faceva pulire. La proprietaria era sulla soglia del negozio, che spiegava a un gruppo di signore per quale motivo non potessero ritirare i propri abiti.

«Non si è presentata, capite?» diceva la Fuller, con le guance paffute che tremavano e gli occhi allarmati. «Mi ha telefonato alle sei di mattina. Alle sei di mattina! Mi ha detto che non poteva più passare...»

«Anche da me è successa la stessa cosa!» rispose una donna alta e dal viso sottile. «Due cameriere. Anche loro fermate prima di poter passare. Ed erano in treno, pensate! In treno!»

Leo non comprese di cosa stessero parlando, ma ne rimase comunque turbato. Sembrava che la città e i berlinesi fossero stati colpiti da una strana malattia. La Fuller gli posò gli occhi addosso e parve sul punto di dirgli qualcosa. Lui accelerò il passo.

Fu in Harzerstraße, ormai nei pressi di Kindheimplatz, che Leonard si rese finalmente conto che qualcosa di molto strano era accaduto nella notte. La quantità di gente che cercava di entrare nella piazza era impressionante. Donne, uomini, operai, poliziotti, anche ragazzini e curiosi: si accalcavano sui marciapiedi, si riunivano in capannelli, camminavano con sguardo curioso verso il centro del piazzale. Si lasciò trasportare dalla corrente.

E trovò Felix, con una maglia gialla, un sacchetto di noccioline e un sorriso un po' tirato.

«Ehi, alla buon'ora!» disse il portiere mentre sgranocchiava arachidi, una dopo l'altra.

«Scusa, mi sono svegliato tardi».

«Ti sei perso l'inizio di qualcosa di incredibile» gli disse Felix voltandosi a guardare il centro della piazza. «Hanno tirato giù dal letto papà intorno alle tre di mattina».

«Ma che succede?» domandò Leo.

Felix non gli aveva ancora detto nulla della finale, non aveva chiesto niente della squadra, o di Hanna. Come se fossero cose non importanti, per lui.

«Vieni, ti faccio vedere» il portiere si mosse tra la folla, facendosi largo a volte con i gomiti, altre volte insinuandosi tra un curioso e l'altro.

Leo gli tenne dietro, cercando di non perdere di vista la maglia gialla di Felix.

Kindheimplatz era letteralmente intasata da decine di curiosi, ma con loro erano presenti anche auto della polizia municipale, fotografi e giornalisti.

Leo sentiva voci di molti uomini e rombo di motori. Poi, quasi all'improvviso, Felix si fece largo oltre l'ultimo capannello di persone e Leo vide qualcosa di incredibile.

La linea bianca di vernice che correva da una parte all'altra della piazza era ora coperta dagli scarponi di centinaia di soldati. Questi formavano un muro umano, una barriera fatta di petti in uniforme, sottobraccio uno con l'altro.

Erano soldati dell'Est, schierati sulla linea e rivolti a Ovest. Dietro di loro, si vedevano camionette e autocarri, operai, materiale edile ed enormi bobine di filo spinato.

E altri soldati, armati: *Vopos* e militari della DDR che pattugliavano questa frontiera vivente con le armi a tracolla, gli elmetti in testa e lo sguardo teso.

«Ma cosa fanno?» chiese Leo.

«Fanno una barriera! Ecco cosa fanno!» gridò un uomo in piedi vicino ai ragazzi, a due passi di distanza dal cordone di militari.

Aveva una giacca sulla spalla e il cappello spostato indietro sulla testa. Era sudato e portava le maniche della camicia arrotolate.

«Ci vogliono chiudere dentro! Dicono che è per impedire le fughe... ma la verità...»

«La verità non la conosce nessuno!» si intromise una signora di fianco a questi.

«Sì, invece» riprese l'uomo. «L'hanno sempre detto e si sapeva. È come con il Blocco del '48, glielo garantisco!»

Leo studiò il viso dei militari più vicini. Guardavano la gente arrabbiata di fronte a loro, con stoica indifferenza. Ma sudavano e apparivano nervosi.

«Vieni, spostiamoci» gli disse Felix.

I due si mossero lungo la fila di soldati, come se fossero generali che stessero passando in rassegna le truppe. In più punti, incontrarono persone arrabbiate.

«Per favore, devo ritornare a casa!» stava dicendo una giovane donna ai soldati. «Sono stata a trovare mia zia, vive a Treptow ed è molto malata, ma i miei genitori mi aspettano...»

Gli agenti non le concedevano più di qualche sguardo. Allora lei prese i documenti dalla borsa.

«Guardate... ecco. Vivo in Karl-Kunger Straße, vedete? Sono cittadina di Berlino Est! Fatemi passare, per favore!»

Leo sentì una stretta allo stomaco, ma Felix non si fermò.

«Ho sentito papà» gli disse voltandosi appena. «Ci sono già delle zuffe, vicino ad Alexanderplatz, giù alla Porta di Magdeburgo. Potrebbe mettersi molto male, perché...» Si fermò e abbassò la voce fino a un sussurro. «Li vedi i soldati armati, là dietro? Quelli sono *Vopos*, ma prima c'erano soldati russi! Capisci?»

Leo non capiva davvero, ma sapeva che la cosa doveva essere grave. E non gli piaceva. Come non gli piacevano gli operai che ammassavano mazze e picconi vicino alla linea bianca, preparando filo spinato e pali di cemento. E poi, ciliegina sulla torta, vide gli ufficiali che controllavano i lavori. C'erano i graduati della *Volkspolizei*, con le loro uniformi verdi, quelli dell'esercito della DDR con gli elmetti neri simili a padelle, e almeno un ufficiale dalla divisa bruna su cui spiccava la bandiera rossa con la falce e il martello. In mezzo a loro, però, uno di essi dal viso asciutto e gli occhi grigi come il ghiaccio, fasciato nella divisa dei *Vopos* attirò l'attenzione di Leo. L'uomo aveva un viso familiare, sotto la visiera del cappello da capitano. E quando gli occhi del militare incontrarono quelli di Leo, lui lo riconobbe.

Con uno scatto, Leo prese Felix sotto braccio e lo portò via.

«Hai visto?»

«Sì» rispose l'amico appena furono lontani.

«Lo sapevo! Lui c'entra!» Leo era furibondo.

«Ma certo, è un ufficiale dei *Vopos*...»

«No, è tutto parte di un piano, capisci? Lui voleva arrivare a questa piazza, in qualche modo. E si vede che Otto lo ostacolava. Santo cielo, forse quello che sta accadendo è per colpa mia».

«In che senso, Leo?»

«Per quello che ho detto a Hanna, ieri!»

«Che cos'hai fatto?» chiese Felix alzando la voce. «Non ci posso credere! Il miglior giocatore che potessimo avere dopo di te e Franz... e tu la mandi via!»

Sedevano su una delle panchine in mezzo ai giochi dei bambini, nella parte occidentale della piazza, lontano dal campo ormai oltrefrontiera e dal cordone di uomini.

«L'ho cacciata. Cos'altro avrei dovuto fare?» Leo aveva raccontato tutto a Felix.

L'amico si passò una mano sugli occhi e la sua espressione sempre serena scomparve per un istante.

«Oh, be', Leo, amico mio... Ci sono moltissime altre cose che avresti potuto fare in un momento simile. Tipo evitare di prenderti un raffreddore: hai una voce nasale che sembra di parlare con uno dentro un tombino».

E per sottolineare il punto, Felix si mise il sacchetto vuoto di noccioline sul naso e pronunciò le parole successive imitando la voce raffreddata di Leo.

«Obbure, avresti bodudo morderdi la lingua e sdardene zitto...»

Gonfiò il sacchetto e lo fece scoppiare.

Leo si sdraiò all'indietro sulla panchina e sbuffò. Quella domenica, il cielo era una tavolozza su cui un pittore aveva gettato pennellate di bianco e di grigio, completando un quadro astratto con grandi tratti sfumati. Eppure, non vi riconobbe alcuna forma.

«Loro c'entrano, lo so. Hanna è responsabile».

«Siamo amici, noi due, vero?» gli chiese Felix.

«Certo, perché?»

«Perché gli amici sono sinceri tra loro e si dicono tutto, ma si perdonano».

«Cosa stai dicendo, Felix?»

«Leo, mi perdoni?»

«Ma per cosa?»

Non appena ebbe pronunciato l'ultima parola, Leo

venne preso dalle forti mani di Felix e fatto rotolare giù di peso dalla panchina.

«Per questo!» gli gridò l'amico. «So che se uno prende una botta in testa, l'unico modo per farlo guarire è dargliene un'altra».

Leo si rialzò incredulo.

«Da come parli,» spiegò Felix «devi averne presa una molto forte. Dimmi sei guarito, adesso? O devo dartene un'altra?».

«Felix, smettila!»

«Ok, preparati, arriva la cura...» disse l'altro stringendo i pugni.

Il colpo, però, non arrivò. Felix si rilassò e si risedette.

«Oh, Leo. Che pasticcio» gli disse dopo poco. «Non è detto che sia stata proprio Hanna. Te ne rendi conto?»

«E chi potrebbe esser stato, allora?» chiese Leo risiedendosi, ma un po' più distante dall'amico, stavolta.

«Ah, non lo sappiamo. Si dice che la STASI abbia agenti in ogni edificio pubblico di Berlino Ovest. Me l'ha detto papà».

«Sì, ma allora? Perché l'hanno arrestato proprio ieri?»

«Guarda, non lo so. Ma hai sentito? Hanno parlato di complicità con i disertori, incitamento al tradimento...»

«Sì, ma che vuol dire?»

Leo guardò verso l'edicola. Era poco distante, e sotto il debole sole di quella malinconica domenica sembrava una capanna abbandonata, remota. Ancora una volta, Leo ebbe la sensazione di osservare il mondo come dalla riva di un fiume: le cose scorrevano via sotto i suoi occhi, incontrollabili. Presto sarebbero scomparse e lui si sarebbe ritrovato a vivere una vita che non conosceva.

«Be', guarda il lato positivo della faccenda» fece a quel punto Felix.

«Ah, ci sarebbe anche un lato positivo?»

«Be', con quello che succede, almeno non dovremo affrontare la *7 Ottobre* solo in due».

Leo scattò in piedi.

«Cosa? No! Dobbiamo giocare!»

Felix si picchiò una mano sulla coscia.

«Questa è proprio bella! E dove vorresti giocare, scusa?»

«Be', ma... a fine lavori ci lasceranno passare, no?»

«Leo, sono qui da stanotte. Hanno bloccato il confine all'una. *Tutto* il confine di Berlino Ovest».

«Ma la partita...»

Leo lasciò la frase in sospeso. Nei pressi dell'edicola era comparso qualcuno che non si aspettava di vedere, quel giorno. La figura era minuta, con capelli neri e mossi che incorniciavano un volto magro e nervoso. Portava occhiali dalla montatura nera.

Cap. 12

CODICI E FUGGIASCHI

L'interno dell'edicola era scuro e caldo. Martin non aveva aperto lo sportello di vendita, e Leo si era guardato bene dal farglielo notare. Il piccolo Ritter aveva l'espressione amara, chiusa. A volte sembrava assente. Il vociare e i rumori della piazza arrivavano ovattati, distanti.

A Leo sembrava quasi che il mondo che conosceva fosse stato chiuso fuori e che, se avesse cercato con attenzione, forse là dentro avrebbe trovato qualcosa per far tornare tutto come prima.

Felix era seduto per terra, mentre Martin guardava le scorte del padre, tra vecchi giornali e cumuli di libri. Gli avevano raccontato della discussione tra Leo e Hanna, e lui si era limitato a tirar su le spalle, per poi annuire.

«Non ci hai ancora detto che notizie ci sono» gli disse Leo.

Gli parve di scorgere un lampo negli occhi, ma forse era stato solo un riflesso sulle lenti. E poi lo vide sedersi a terra, come se qualcuno gli avesse tolto di colpo la voglia di stare in piedi.

«Mi zia Hilde dice che è in prigione, ma che non dovrebbe starci» disse.

Si tolse gli occhiali e prese a pulirli con la maglietta, molto lentamente. Leo rimase affascinato dal movimento meticoloso delle dita sotto la stoffa.

«Il fatto è che papà è cittadino dell'Ovest, ormai».

«Quindi il suo arresto è illegale?» domandò Felix.

«Esatto. Non possono prendere cittadini di altri stati» Martin sospirò e passò all'altra lente. «Ma sembra che loro lo vogliano soprattutto perché aiutava i cittadini dell'Est a scappare».

«Vabbè, ma allora?» scattò Leo. «Cercheranno le prove, non le troveranno e lo lasceranno andare!»

«No, Leo» gli rispose Martin, tornando a inforcare gli occhiali. «Da quello che mi diceva qualche volta, ecco, credo sia vero».

«Ma scusa… com'è possibile? Chi vuol scappare non ha bisogno di aiuto, non ci vuole niente!» esclamò Felix, questa volta alzandosi e venendo a sedersi vicino a Leo. «Voglio dire, non è che ci fossero barriere o altro, no? Chi voleva venire a Ovest non doveva fare altro che oltrepassare una linea».

Martin annuì.

«Però io so che fanno dei controlli alle auto» intervenne ancora Leo. «E sui treni e sulla metropolitana. Quando la mia famiglia è scappata, non avevamo niente. Sapete… per non destare sospetti».

«Guarda, non so. Sono qui per mettere in ordine le sue cose» concluse Martin. «L'edicola chiuderà. Devo portar via gli incassi e le cose più importanti».

«Ti aiuto» disse subito Leo, alzandosi. «Mi è sempre piaciuto lavorare qui per tuo papà, magari posso esserti utile».

Recuperarono la cassetta con i soldi, vari contratti e documenti. Martin raccolse tutto e mise soldi e fogli in uno zaino di cuoio. Poi Leo ebbe l'idea di controllare la biblioteca personale di Otto, quella con i libri che prestava.

Trovarono un registro e vi lessero nomi e indirizzi di cittadini di Berlino Ovest e di Berlino Est. Poi Leo aprì un cassetto sotto il banco di vendita e trovò della carta da pacco avvolta intorno a quello che sembrava un plico di fogli. Incuriosito, scartò il pacchetto.

«Accidenti, Martin».

«Che c'è?»

«Qualcosa che ti piacerà molto, guarda» disse passandogli il contenuto del pacchetto.

Martin si lasciò sfuggire un fischio. Erano mappe.

«Per la miseria!» esclamò il piccolo Ritter. «Aveva ragione! Papà aveva ragione! Si può davvero andare ovunque, sotto la città, guardate!»

Mise uno di fianco all'altro alcuni fogli, tutti insieme costruivano una mappa di Berlino. Mostravano linee nere che si incrociavano, con cifre e parole. Leo riuscì a vedere il percorso della Sprea, alcuni punti di riferimento, ma poco altro. Martin, invece, la leggeva come se avesse avuto un libro aperto sotto gli occhi.

«Guardate! Ecco il Tempelhof. Noi siamo qui. Questo

è il percorso della metropolitana e qui, qui e anche qui, ci sono i vecchi bunker e i depositi del periodo della guerra».

«Ehi» intervenne Felix. «Meno male che quelli della *Vopos* non hanno potuto scoprire questa mappa. Scommetto che avrebbe messo davvero nei guai tuo papà».

«Già, mi chiedo come abbia fatto a procurarsela».

«E io, invece, mi domando a cosa potesse servirgli» disse Leo.

Nessuno rispose e la domanda rimase ad aleggiare nell'edicola ombrosa.

Dopo poco, Martin recuperò dal retro alcuni dei fogli con lo strano codice di Otto e li mostrò a Leo.

«E di questi? Che mi sai dire?»

«Non saprei» rispose. «Questi a sinistra sono i titoli dei libri, guarda. *La fattoria degli animali, L'isola del tesoro, Ivanhoe, Delitto e castigo*... sì, sono tutti libri che tiene in questi scaffali».

«Sì, esatto» constatò Martin, guardando le coste dei libri sulle mensole. «Ma i numeri? Vedi... ci sono due coppie di numeri di diverse cifre, da una a tre. Alcune di queste coppie sono barrate con un segno di matita».

«Che siano date?» propose Felix. «Magari quelle dei prestiti?»

I tre amici si riunirono nei pressi del tavolo sotto le mensole dei libri.

«No, non ha senso. Guarda questo, scusa. Alla voce

Ivanhoe, si legge... duecentodieci e quattordici. E poi... Trecentosette e centoquarantuno. Che date sarebbero?»

«Secondo me... è un codice» disse Martin. «E nemmeno molto complicato, se non mi sbaglio. Vediamo un po'... Felix, io non ci arrivo. Passami *Ivanhoe,* grazie».

L'amico fece come gli veniva chiesto. Leo osservò con attenzione Martin che si rigirava il libro tra le mani.

«Duecentodieci, giusto? Potrebbe essere il numero della pagina... vediamo, ecco. E poi?»

«Quattordici» rispose Leo.

«Riga quattordici... no, non mi dice niente».

«Prova la quattordicesima parola» suggerì Felix.

Martin contò mentalmente.

«"Convento". La quattordicesima è "convento"».

«E l'altra coppia?» domandò Leo. «Va' a pagina trecentosette».

«Ci sono».

«E ora... la parola numero centoquarantuno».

«Questa è un nome: Karl».

«Non capisco» disse Leo.

«Nemmeno io...» gli fece eco Martin.

Leo ebbe un'idea: «Be', sentite... Prendiamone un po' di questi numeri e di questi libri e cerchiamo di scoprire a quali parole fanno riferimento, magari troveremo qualcosa di utile. Tanto... non è che dobbiamo giocare una finale o qualcosa di simile, no?».

«Grazie» disse Martin. «Per essere qui e per l'aiuto». Leo stava per rispondere, ma l'amico riprese: «Un codice, ci pensi? Mio papà ha un codice e un archivio segreto e... non so cos'altro. Come se fosse una spia».

«Martin, l'hanno arrestato» rispose Leo cercando di essere garbato. «Tuo papà faceva davvero delle cose contro Berlino Est o la Germania Est. Forse era davvero una spia o qualcosa di simile!» e prima che Martin avesse l'opportunità di ribattere, continuò: «Forse... sai, Martin, forse qui ci sono informazioni con cui possiamo fargliela pagare».

«A chi?»

«A quelli che l'hanno arrestato. Forse possiamo provare a rimettere le cose a posto, a riportare la nostra piazza com'era prima, a mandare via tutta questa follia. E riprenderci la nostra finale».

Si divisero libri e fogli, recuperarono tre matite e cominciarono a scartabellare e annotare. Finirono in fretta.

«Accidenti, è davvero un codice segreto!» osservò Martin.

«Sì, ma così segreto che non ci ricaveremo molto, eh?» fu il commento di Felix.

«Non credo sia troppo difficile, però» disse Leo. «I termini sono sempre gli stessi, vedete? "Principe", "cuoco", "carota", "aratore", "parata", "convento", "colonna". E a questi sono sempre affiancati gli stessi nomi, sempre con gli stessi accoppiamenti: Marius, Georgette, Karl, Hernan, Gunther, Albert e Fritz».

«Persone...» propose Martin. «E magari gli altri termini sono i loro nomi da spia, eh? Tipo Gunther il Principe, Karl la Colonna...»

«E la Carota?» chiese Felix, dubbioso. «Perché uno dovrebbe farsi chiamare Carota? Per il colore dei capelli? No, dai... secondo me stiamo esagerando e la questione è più semplice».

«Ho idea che ci manchi ancora qualcosa» aggiunse Leo. «Per questo non capiamo il significato del codice».

«Una chiave!» spiegò Martin. «Nei codici segreti c'è sempre una chiave per decifrare le informazioni».

«E quale potrebbe essere?» domandò quindi Felix.

«Eh, non lo so. Non sappiamo nemmeno se questi nomi sono veri».

«Ma secondo te, a cosa serve questo codice?» chiese Leo.

Martin si grattò il mento.

«Non lo so. Magari porta a dei segreti? Forse c'è anche del denaro...»

«Armi?» propose ancora Leo.

«No. Mio papà non è il tipo» Martin si rialzò. «Non ce la faccio a stare ancora qui, scusate. Ci spostiamo da qualche altra parte?»

«A me, vedere Kindheimplatz così, ha messo tristezza» ammise Leo. «Ce ne andiamo al Covo?»

«Sì, buona idea».

«Ci sto!» esclamò Felix raccogliendo i fogli.

Martin recuperò la borsa con l'incasso e i documenti.

«Leo, prendi la scatola di stoffa che c'è nello stanzino di papà? Quella verde, con sopra la foto...?»

«Subito».

La stanza aveva il profumo della carta stampata e della colla. L'odore caratteristico dell'inchiostro che emanava dalla macchina del ciclostile. Sulle pareti c'erano ritagli di fotografie prese dalle riviste che leggeva Otto: Berlino, la Germania, i posti che aveva visitato.

Le foto di Martin e della sua mamma scomparsa erano sopra un piccolo tavolo. Qui, di fianco a una pila di vecchi giornali, c'era un cumulo di copie delle Regole del Torneo.

Leo ne prese una in mano e rilesse le parole che aveva scritto Franz. Gli parve quasi di sentire la voce dell'amico. Era passato così poco, eppure era cambiato così tanto! Una fitta di nostalgia gli fece desiderare di rivedere presto il suo capitano.

Piegò il foglio e se lo mise in tasca. Poi vide la scatola, con la foto sul coperchio e la stoffa verde che ricopriva il legno. La mamma di Martin lo guardava sorridente, in quell'immagine in bianco e nero che sembrava provenire da un mondo lontano. Un angolo del ritratto era piegato e Leo lo appiattì delicatamente con una mano.

Martin era cresciuto senza mamma. E ora gli era stato portato via anche il padre. Era tutto così ingiusto... Leo si mise la scatola sotto braccio e raggiunse gli amici.

Cap. 13

I RICORDI DIVISI

I tre amici lasciarono Kindheimplatz, con le cose di Otto sottobraccio e un peso che gravava sul cuore.

La città era impazzita. C'erano urla e grida di protesta, giornalisti e fotografi in ogni dove. Era un incubo, era follia pura. La magia di quell'estate perfetta era infranta e il presente appariva sempre più grigio. L'ombra del futuro faceva paura.

«Mio papà dice che è così in tutta Berlino» li informò Felix mentre scivolavano tra gruppetti di persone rivolte verso il confine.

Guardavano la barriera umana e gli operai dietro di essa.

«È impossibile» rispose Martin. «Non possono esserci tanti soldati sotto braccio, dai».

«Be', no. Ma molti pezzi di confine sono fatti da case. Le hanno fatte sgomberare e ora hanno dei muri belli e pronti. E poi stanno mettendo del filo spinato e del cemento».

«E cosa vogliono fare, impedire alla gente di passare?» chiese Leo.

Nessuno rispose.

Giunsero all'angolo con Harzerstraße. Dalla vicina merceria della signora Allman gracchiava lo speaker di una radio. La donna era fuori dalla porta, con il metro da sarto al collo, di fianco a un manichino nudo. Era ferma, incredula, a osservare la strada e il via vai di persone.

A Leo parve di scorgere una lacrima scendere piano lungo la guancia della donna.

«Ehi, tappi!» gridò loro una voce tanto sgradevole quanto nota.

Leo si voltò pronto a battersi, era di pessimo umore e non avrebbe accettato provocazioni.

Jo l'Amerikaner li raggiunse rapido. Poi si sollevò il collo del giaccone militare e si infilò le mani in tasca. La solita posa da bullo. Con lui, alto e magro, c'era Rupert Stol, il portiere della *7 Ottobre*.

«Ehi, ciao» Felix fu l'unico a salutarli.

Rupert aveva l'aria particolarmente triste. Il bullo, invece, aveva in viso un'espressione che Leo non seppe decifrare. Gli pulsava una vena sulla tempia e masticava nervosamente una cicca.

«Sentite, per la partita...» cominciò Rupert.

«Sì, abbiamo visto» gli disse subito Leo con tono seccato. «Oggi non possiamo giocare, il campo è chiuso».

«Già» commentò secco Jo. Si sistemò il giaccone con una scrollata di spalle. «Ma noi siamo senza squadra».

«Che vuoi dire?»

«Eh, sì. Abitano tutti di là» rispose Rupert grattandosi

il grosso naso. «Herbert, Piet, Simon e Hugo. Sono tutti di Berlino Est e...»

Leo sentì Martin e Felix parlottare.

«Non possono venire? Vuoi dire questo?» disse.

«Sì, ma non solo: non possiamo neanche parlare con loro. Herbert è l'unico ad avere un telefono, ma non siamo riusciti a chiamarlo».

«Avete perso il suo numero, eh?» scherzò Felix.

Leo vide come la battuta desse fastidio all'Amerikaner.

«No. Le linee sono interrotte, genio» rispose questi. «Non lo vedo da ieri. Non vediamo nessuno dei nostri da ieri, capite? Niente, sono andati. È come se non ci fossero più».

«È come se fossero in un'altra città, una che noi non conosciamo» aggiunse il portiere della *Ottobre*. «E che non possiamo raggiungere».

Leo provò un brivido. Cosa stava succedendo a Berlino?

«Magari è solo una cosa temporanea, eh?» insistette Rupert. «Ho sentito che in serata dovrebbe tornare tutto come prima».

«Già, sicuro» commentò Leo, che non ci credeva per niente.

«E allora siamo qui per proporvi di rimandare la finale» disse finalmente l'Amerikaner.

Si voltò a guardare verso Kindheimplatz, poi tornò a guardare i tre della *Neukölln*. Mosse le braccia tenendo le mani nelle tasche del giaccone e parve a Leo un grosso uccello che cercasse invano di spiccare il volo.

Tutta la grinta del bullo era scomparsa.

«Ok» gli rispose. «Ci vediamo domani, allora, eh? Proviamo alle quattro di pomeriggio e vediamo che succede?»

L'Amerikaner strinse gli occhi. Rupert parve sorpreso.

«Sì, ma...»

«Va bene, allora. Ciao, a domani».

«No, ma non hai capito!» insistette il portiere.

«Ehi» tagliò secco Martin. «Abbiamo capito bene. Non siete gli unici ad avere dei problemi, eh? Ok? Spostiamo la partita a domani e vediamo cosa si può fare. Stateci bene».

I tre si voltarono e ripresero a camminare. Leo poté sentire Rupert e Jo l'Amerikaner scambiarsi qualche parola e poi salutarsi. Sbuffò e cercò di togliersi di dosso il senso di amarezza che provava. Guardò verso l'alto: il cielo, di solito, lo aiutava. Vide una coltre grigia, una massa informe di nubi in cui non era possibile scorgere alcun disegno.

Odiosi. Ma anche in gamba.

Ecco cos'erano quei tre, uno peggio dell'altro, ma con qualità che saltavano all'occhio. Jo l'Amerikaner non li sopportava, forse perché sentiva che in altre circostanze avrebbe potuto esser loro amico. Ogni incontro con loro si dimostrava peggio del precedente, ma gli lasciava la voglia di rimediare in qualche modo. Difficile a farsi, quando tutta Berlino ti conosceva come un bulletto. Anche per questo aveva mollato la banda. Si era stancato di essere accolto con sospetto.

Se solamente quei tre non si fossero comportati come se a Berlino esistessero soltanto loro...! Cosa ne sapevano di come ci si sentiva a essere da soli? Certo, forse ora il piccoletto quattrocchi un'idea se l'era fatta. Non era stato bello vedere i poliziotti che gli portavano via il padre, dovette ammetterlo. Aveva creduto che l'attimo sarebbe stato più... dolce.

E invece, gli era genuinamente dispiaciuto. Jo aveva sperato che gli avrebbero impedito di entrare nel campo, di arbitrare. Non credeva l'avrebbero arrestato in quel modo. Gli aveva lasciato l'amaro in bocca e un senso di colpa schiacciante. Voleva rimediare.

E poi c'era la questione della partita. Voleva sistemare tutti i conti, con loro. Ma con quel pasticcio del confine...

Con Emil e gli altri non era stato male andare in giro e divertirsi, ma i ragazzi della sua banda non erano sempre divertenti. E dopo la sfida persa ai rigori... Ma poco male, in fondo era stanco di sprecare tempo con quei falliti.

E ora che Herbert e i suoi, tutto quello che gli rimaneva della famiglia, erano chiusi al di là del confine tra le due Berlino, Jo si sentiva...

No, non l'avrebbe mai ammesso, neanche a se stesso.

Però sapeva che avrebbe dovuto fare qualcosa. Qualunque cosa, anche se questo comportava avere a che fare con quei tre.

Rimase a guardare i suoi avversari, dopo che Stol se ne fu andato. Quello grosso sembrava spensierato. Gli altri due, invece, si muovevano come se fossero chiusi in nuvole di malumore. Ma ciascuno per un motivo diverso.

Dove stavano andando? E cosa avevano sotto braccio e in quella borsa?

Camminavano lontano dal confine, ma era chiaro che non stavano semplicemente bighellonando. E nemmeno cercando un altro posto dove giocare.

Quasi senza rendersene conto, Jo cominciò a camminare. E mentre camminava, si ritrovò ad ammirare l'amicizia che legava quei tre ragazzi così diversi tra loro. Si combinavano. C'era quello focoso che li guidava, sempre con lo sguardo perso ma che giocava come un diavolo scatenato. Quello grosso e sempre allegro, robusto tanto da impensierire lo stesso Jo, che probabilmente spianava i malumori degli altri due. E poi il piccoletto, grintoso come un topo in gabbia, tutto nervi e occhi vivi.

Avrebbe potuto essere loro amico, se le circostanze della sua vita fossero state diverse? Forse sì.

Un'idea cominciò a formarsi nella sua mente. E quando li vide entrare in un edificio malmesso, la curiosità crebbe.

Si avvicinò al portone e lesse i molti cartelli appesi.

EDIFICIO PROSSIMO ALLA DEMOLIZIONE

NON ENTRARE

PERICOLO

Un luogo segreto. Quei tre avevano un rifugio tutto loro dove, di sicuro – ne era certo – cospiravano e preparavano qualcosa.

Si alzò il colletto del giaccone e si allontanò, rimuginando idee e pensieri che mai prima aveva avuto.

Raggiunsero il Covo pochi minuti più tardi. Mentre Felix chiudeva la porta e Martin si sedeva, Leo andò ai grandi finestroni a guardare il bacino del Tempelhof. Il grande aeroporto di Berlino Ovest era una conca di verde e cemento. Gli aerei decollavano e atterravano dalle sue piste, accompagnati dal pensiero di Leo, dai suoi occhi, dai suoi sogni a occhi aperti.

«Non ce la farò mai a sistemare tutta questa roba!» disse Martin riportandolo alla realtà.

Leo andò a sedersi vicino all'amico.

«Dai, ti aiuto» gli disse Felix. I due ragazzi cominciarono a organizzare i documenti di Otto, dividendo le fatture dagli ordini.

«Voglio portare tutto a mia zia, il prima possibile» spiegò

Martin. «E se trova le cose in ordine eviterà di chiedermi di guardarle ancora. Non ho voglia di tuffarmi in queste scartoffie, voglio solo che mio padre torni a casa il prima possibile».

Leo non disse nulla. Prese la scatola di legno e la soppesò.

«Martin che ci vuoi fare, con questa?»

«Ah, già. Non so nemmeno cosa contiene. Aprila, dai».

«Ma c'è la foto di... voglio dire, tuo papà ha messo il ritratto di tua mamma, sarà una cosa personale...»

Martin si fermò e guardò l'amico negli occhi, valutando quanto aveva appena detto.

«Grazie».

Aprì la scatola e ne guardò il contenuto.

«Foto?»

«Sì, ma non sono nostre» disse Martin prendendone una manciata e osservandole.

A Leo parvero tutte uguali.

Erano foto di famiglia, di donne, di bambini. In alcuni casi di abitazioni. Rappresentavano momenti felici, ricordi, finestre sulla vita di qualcuno. Si vedevano famiglie riunite, coppie sorridenti a braccetto, bambini in culla o che muovevano i primi passi.

«Sicuro che non siano vostre?» chiese Leo prendendone un paio in mano. «Guarda, questa è tagliata a metà».

Si trattava di una foto ingiallita che doveva ritrarre un

ragazzo e una ragazza. Lui indossava un'uniforme militare e sorrideva al fotografo, mentre dava il braccio a una donna. Non era possibile esserne certi, perché la foto era stata tagliata verticalmente e della compagna si vedeva solo una mano bianca, appoggiata sulla manica del soldato.

«Peccato rovinarla così, no?» disse Leo.

«Già, strano» commentò Martin. «No, questo soldato non lo conosco. Non è un parente. Perché papà conserva queste foto? Non capisco».

«Ehi, ragazzi. Ho trovato qualcosa, credo» disse Felix. «Almeno, penso... non lo so. Martin, conosci un certo Gunther Sauer?»

«Sì, è un amico di papà».

«Ha un'edicola anche lui, vero?» Felix sollevò un foglio. «Qui mi sembra di capire che abbia preso dei giornali dall'edicola di tuo padre, perché gliene sono stati consegnati troppo pochi. Tuo papà li ha fatti mandare al suo chiosco. E indovinate dove si trova?»

Leo e Martin non lo sapevano.

«In Kochstraße. Avanti, ragazzi, Kochstraße! Non ci arrivate?»

Silenzio.

«Uff... siete senza speranza!» Felix si risiedette e prese altri fogli. «Ecco, guardate qui! Karl Schmidt, Prinzenstraße. Georgette Weber, Möhrenstraße!»

«È il codice di tuo papà!» Leo, finalmente, aveva capito.

«I nomi di cose sono in realtà nomi di strade in cui ci sono edicole: "cuoco" per *Koch, Möhren* per "carota", "principe" per *Prinzen,* e così via».

«E quelli sono edicolanti amici suoi... che sono d'accordo!» concordò Martin che si era tolto gli occhiali. «Per la miseria! È davvero una rete segreta. Ma per cosa la usa?»

«Be', direi che la usa per le fotografie. Le nascondono, credo...» disse Leo prendendo le foto in mano.

Quel pensiero gli provocò un brivido.

«Esatto!» intervenne Felix. «Mio papà mi ha raccontato di gente dell'Est arrestata mentre cercava di fuggire, perché quando veniva fermata gli trovavano addosso troppi oggetti personali. Spesso troppe foto, perché nessuno va al lavoro portandosi tutte le foto di famiglia...»

«Forse... forse chi vuole scappare non vuole rinunciare ai ricordi e...» Leo non terminò la frase.

«E mio papà glieli mette al sicuro!» disse Martin.

«E la foto tagliata serve per capire a chi appartengono le foto» ipotizzò Felix. «Geniale! Io voglio scappare, vado da tuo papà, gli lascio le foto e una la taglio a metà. Lui ne tiene un pezzo. Manda le foto al sicuro in un'edicola e prendo dei libri che lui mi passa. Lui mi dice le pagine e le parole da cercare per sapere dove potrò trovare i miei ricordi. E quando passo a Ovest, con niente delle cose che mi sono care, posso recuperare i miei ricordi andando dal signor Peter in Klosterstraße e dandogli un pezzo di foto che combacia con quella che ha. Niente nomi, niente rischio di essere catturati, massima segretezza. Lo trovo fantastico!»

«Mio papà...» Martin era incredulo. Un sorriso stava ricomparendo sul suo volto. «Mio papà ha fatto tutto questo? Santo cielo, è incredibile! Mio papà è... è un eroe!»

Fu allora che Leo notò l'angolo di una fotografia che lo incuriosì. Era sepolta sotto altre immagini, la prese e vide che era solo metà di una foto. Anche questa, tagliata verticalmente, mostrava un uomo in uniforme che dava la mano a qualcuno, che però era oltre il "taglio". Qualcuno di molto più basso di lui.

Guardò meglio il militare e il suo cuore perse un colpo.

«Oh, no» disse a quel punto Leo. «Oh Dio, cosa ho fatto!»

I due amici si voltarono a guardarlo e lui mostrò loro la foto.

«È il capitano Fuchs» disse Leo con il cuore pesante. «È il papà di Hanna! Io l'ho cacciata dalla squadra, ma non è mai stata colpa sua. Anche lei voleva scappare, e ora è intrappolata dall'altra parte».

Cap. 14

IL PALLONE E IL CEMENTO

Il giorno dopo, Leo scese dal letto non sapendo cosa aspettarsi.

Chiacchierò velocemente con la mamma, facendo colazione. Gli parve preoccupata. Aveva parlato con papà, gli aveva detto, che aveva telefonato il giorno prima, da Madrid, mentre lui era fuori. Le notizie di Berlino volavano e lui era preoccupato per loro. Sarebbe tornato presto, aveva promesso.

Leo tentò di non pensarci. Gli mancava così tanto, suo papà, che il solo pensiero che potesse tornare gli fece bruciare gli occhi. E così aveva finito in fretta ed era andato in camera sua a montare l'ennesimo modellino. Era un Me-262, un areo bellissimo e nemmeno troppo difficile, ma i pezzi non volevano saperne di rimanere incollati.

Attese con pazienza che sua mamma uscisse per il nuovo turno. Un turno straordinario, gli aveva detto: tutti i giorni liberi erano stati annullati all'ospedale. Le aveva promesso che sarebbe rimasto a casa, lontano dai guai. E che al massimo sarebbe sceso in cortile a giocare. Mentirle gli aveva fatto male, ma l'angoscia di quanto era accaduto e di cosa poteva ancora succedere sarebbe stata un boccone peggiore da mandar giù.

Erano le dieci di mattina quando decise di aver atteso abbastanza. Infilò le scarpe, si mise la fascia di *Der Boss* e uscì.

Aveva il cuore in gola e le mani fredde, e non voleva vedere i volti delle persone alle finestre o per la strada.

Leo cercò di guardare in alto il più possibile, quella mattina. Per fortuna era una bella giornata. Scie di condensa si intersecavano sul panno di zaffiro del cielo sopra la città. Le nuvole erano magnifiche, rigonfie e vive. Danzavano nell'aria come creature degli oceani, ruotavano, si ingrandivano e disegnavano veli di vapore. Agli occhi di Leo erano mani e teste dalle corna ricurve. Vide un coccodrillo e un cavallo, scorse la forma di un castello, di un tempio dalle molte colonne, di un veliero pirata. Panorami da sogno, regni incantati.

Camminò a lungo, indugiando e cambiando volutamente strada. Nella notte aveva piovuto ancora e ogni tanto le suole delle scarpe si tuffavano in una pozzanghera, bagnandogli i polpacci. Per un caso, o forse per mancanza di voglia, non andò subito in Kindheimplatz. Si diresse invece verso altre strade, dove sapeva che passava il confine, e le vide bloccate da barriere di filo spinato. Soldati armati le presidiavano, mentre gruppi di persone sul lato ovest inveivano e protestavano. Si spostò, seguendo il confine. Quando questo incontrava degli edifici, tutto era abbastanza tranquillo: finestre sbarrate, persiane chiuse, cancelli sprangati e nessun volto.

Una visione desolante, ma meno triste che vedere tedeschi schierati contro tedeschi.

Superò il ponte sul canale e sentì il battito del cuore aumentare. Sfilò di fianco a vie presidiate da reticolati e autoblindo, notò gli operai che posavano pali di cemento sotto gli occhi di mamme e bambini ammutoliti. Camminò sforzandosi di tenere lo sguardo piantato in cielo e la coda dell'occhio che lo guidava da un marciapiede all'altro.

La testa tra le nuvole: forse era l'unico modo per sfuggire al grigio che aveva sporcato la sua estate dorata.

In Kindheimplatz tutto sembrava calmo. Non c'era il solito traffico di pendolari e molti dei negozi erano chiusi. Altri, invece, con le vetrine agghindate e le porte aperte, attendevano clienti che tardavano a mostrarsi. La latteria del signor Müller era aperta ma nessuno vi comperava il latte. Non c'erano auto, la piazza appariva desolata, dimenticata. Rimase voltato verso ovest. Quasi gli pareva di sentire le grida dei bambini, le loro risate. Le panchine erano vuote. I giochi per i più piccoli, con i corti tunnel di cemento colorato, uno scivolo e due altalene, sembravano scheletri di dinosauro.

Chiuse gli occhi. Poteva sentirli, sì. I passi in corsa, gli incitamenti, il suono dei calci contro il pallone. Il boato quando un tiro in porta diventava un goal. Il gioco, il torneo, la partita... era tutto ancora lì, gli bastava lasciarsi andare, per ritrovare tutto.

Riaprì gli occhi e si voltò verso il centro della piazza. Il campetto da calcio era prigioniero di uno sbarramento di filo spinato. Sul confine, i soldati non erano più schierati uno di fianco all'altro, non ce n'era più bisogno. Pali di cemento e concertina erano una barriera migliore. Coppie di militari con i mitra a tracolla passeggiavano sul lato orientale.

Vicino a un lato della piazza, il filo spinato non c'era. Al suo posto, alcuni operai dell'Est, controllati da *Vopos* dall'aria stanca, stavano costruendo un muro. Lo facevano con grossi mattoni di cemento color grigio cenere. Il muro era già alto più di Felix, valutò Leo, ed era largo quasi una decina di metri. Era una cosa mostruosa e gli fece paura. Una barriera compatta, permanente, che sarebbe cresciuta fino a oscurare anche il cielo di Leo.

All'ombra di quel muro nascente, c'era Martin.

«Ehi».

«Mia zia ha ricevuto una telefonata dell'ambasciatore» disse il piccolo Ritter. Guardava fisso davanti a sé, seguendo il movimento ritmico degli operai. Aveva il pallone logoro della piazza sotto braccio. «Dice che papà è un prigioniero politico».

Leo non sapeva cosa significasse. Si morse un labbro.

«È grave?»

«Non lo so. Pare vogliano scambiarlo con altri come lui che sono di qua. C'è un ufficio che si occupa di queste cose. Ti rendi conto?» Martin si voltò a guardare Leo. «C'è un ufficio per queste cose!»

«E Felix?»

«Ci aspetta al Covo per le undici» rispose Martin. Poi mostrò a Leo il pallone. «Ehi, ho trovato questo».

«Se fossimo dall'altra parte, potremmo almeno fare due tiri in porta, eh?»

«Già» Martin lasciò cadere a terra la palla. Rimbalzò un paio di volte, poi si fermò di fronte ai piedi di Leo.

D'istinto, il ragazzo gli diede un calcio. Il pallone colpì il nuovo muro e tornò indietro.

«Ehi!» gridò uno degli operai. «Fa' attenzione!»

«Altrimenti?» lo provocò Martin gridando. «Che fai, vieni a prenderci?»

I *Vopos* si voltarono verso i ragazzini. Leo trovò la cosa incredibilmente buffa.

«Non è che possiamo buttarvi giù il muro a pallonate, eh!» disse a sua volta. «Oppure sì? Proviamoci...»

Sferrò un altro calcio, molto più forte del primo. Colpì il muro un po' più lontano dagli operai e la palla tornò nuovamente indietro.

«Forte!» commentò Martin. Stoppò la palla e la calciò a propria volta.

«Ehi, niente male» osservò Leo.

I ragazzi cominciarono a colpire la parete di cemento, alternandosi ai rimbalzi.

Era divertente e i colpi si fecero sempre più forti.

Quando uno degli operai cercò di colpire la palla con la

cazzuola, i due risero, ma si spostarono di lato. I colpi si fecero sempre più forti, sempre più veloci.

«Scommetto che possiamo davvero buttarlo giù» disse Leo.

«E se non ci riusciamo» rispose l'amico dando un altro calcio. «Potremmo almeno inventare un nuovo gioco, eh?»

Leo rise.

«Perché no?»

Un uomo in tuta da lavoro si fermò vicino ai due amici. Sorrideva.

«Dateci dentro!» disse.

Leo non se lo fece ripetere. I calci divennero cannonate. Lui e Martin dovettero indietreggiare per controllare meglio i rimbalzi, ormai molto potenti.

All'uomo si unirono due ragazze, studentesse, a giudicare dai libri sotto braccio. E a loro seguì un poliziotto di Berlino Ovest. Questi ghignava apertamente ogni volta che un colpo faceva sussultare gli operai.

«Smettetela, adesso!» ordinò uno dei *Vopos*, affacciandosi al reticolato, più a sinistra rispetto a dove rimbalzava la palla.

«Neanche per sogno!» rispose Leo facendo seguire alle parole un'altra bordata.

«E fatti gli affari tuoi!» rincarò il poliziotto dell'Ovest.

Martin colpì al volo, ma con il collo del piede. Ne risultò un pallonetto che mandò la palla a colpire la sommità del muro e rimbalzare verso l'alto.

«Oh, no...» si lamentò il piccolo Ritter.

Quando ricadde, il logoro pallone atterrò a Est.

Gli operai smisero di lavorare. Leo e Martin attesero, impotenti.

Dopo poco, uno dei *Vopos* fece capolino di fianco al muro, dietro il filo spinato. Aveva il pallone tra le mani.

«Ehi, ridallo a questi ragazzi. È loro!» disse il poliziotto vicino a Leo.

«Avanti, ridateglielo» rincararono le studentesse.

Leo non aveva il coraggio di fiatare.

«Vi avevamo detto di smetterla» disse il *Vopos*. «Adesso è peggio per voi».

Si voltò e calciò via il pallone. Non fu un bel tiro, ma bastò a far rimbalzare via la sfera.

«Carogna...!» sussurrò Martin.

«Andiamocene» disse Leo. «Non ne posso più di questa piazza».

Gli altri rimasero a guardare il muro.

Trovarono Felix seduto ai piedi di una statua, di fronte al palazzo del Covo, che mangiava un wurstel al curry con patate fritte, prendendolo da una vaschetta di cartone.

«Ehi, che facce da funerale!» disse il portiere della *Neukölln* infilandosi in bocca un pezzo di salsiccia.

«Ma non hai fatto colazione?» gli chiese Martin.

«Sì, ma... ero un po' giù dopo aver lavorato al sidecar, è messo peggio di quanto pensassi. E venendo qui ho scoperto che hanno aperto un baracchino di currywurst. Avevo delle monete in tasca e così...»

«Sì, sì, va bene. Sei una fogna, però».

«Oh, senti» rispose Felix con la bocca piena. «Ognuno affronta la cosa come vuole, va bene? Io mangio».

«Dai, ragazzi, basta» intervenne Leo. «Saliamo?»

«Saliamo» gli fecero eco i due.

Il terzetto entrò nel caseggiato prossimo alla demolizione, avendo cura di non farsi vedere dai passanti. Fu facile: i berlinesi non sembravano prestare attenzione, avevano tutti il naso dentro qualche quotidiano, le orecchie agganciate dalle voci delle radio, gli occhi rivolti verso il centro della città.

A differenza delle altre volte, salirono piano le scale. Per dar tempo a Felix di finire il wurstel, ma anche perché non avevano voglia di correre. L'allegria sembrava aver lasciato il terzetto. Felix finì il currywurst quando ormai erano al quarto piano. Ripiegò il cartoccio e se lo mise in tasca, per non sporcare.

«Ragazzi, volete sentire una cosa forte?» disse Felix a un certo punto, ormai vicini alla loro meta.

«Non hai più fame?» domandò sarcastico Martin.

«Ehi, bravo! Hai fatto una battuta!» il ragazzone riuscì addirittura a ridacchiare. «No, dai. Eh, forse l'anno prossimo mio papà viene mandato in Cile».

«Davvero?» domandò Leo. «Per i Mondiali?»

«Eh, sì! Alla radio pare che stia andando forte e... forse

gli faranno seguire la Coppa del Mondo. Ci pensate? Andrò in Sud America!»

«Parti anche tu?» chiese Leo stupito.

Erano ormai arrivati all'ultimo pianerottolo e si fermarono appena prima della porta.

«Be', è probabile» rispose Felix strisciando i piedi per terra. «Insomma, starà via un bel po' e... se la cosa va in porto, si porterà dietro tutta la famiglia».

«Grande» commentò secco Leo. «Questa squadra sta cadendo a pezzi».

Mise la mano sulla maniglia e scoprì che la porta era aperta. Stupito, spinse il battente.

«Ciao, mostriciattoli!» disse una voce dall'angolo più lontano. «Ce ne avete messo di tempo, stavo per andarmene».

Con le mani in tasca e un ghigno strafottente, Jo l'Amerikaner uscì dall'ombra e camminò fino al centro della stanza.

«Che ci fai qui?» scattò Leo. «Come hai fatto ad arrivare?»

«Calmati, poppante».

«No, che non mi calmo! Questo posto è nostro ed era un segreto, ci hai seguiti?»

«Ovvio. E non è stato neanche troppo difficile, sembrate tre oche quando camminate insieme, hai presente? *Quak-quak-quak*!»

Felix si pulì i palmi delle mani ed entrò nel Covo.

«Be', Jo. Grazie della visita, ma ora devi proprio andartene. Esci da solo o...?»

«O...?» chiese il bullo facendo il verso a Felix.

«O ti sbattiamo fuori noi, chiaro!» intervenne Martin, entrando a propria volta.

«Tre contro uno, eh? Be', sarebbe quasi uno scontro alla pari, per quanto mi riguarda».

«Adesso basta!» anche Leo entrò nel Covo. «Fuori!»

L'altro, per tutta risposta, andò in fondo alla stanza e si sedette, appena sotto i finestroni e il cielo azzurro.

«No. Sono qui per parlare. Sedetevi».

I tre rimasero interdetti. Leo era roso dalla curiosità, ma Jo era proprio l'ultima persona che avrebbe voluto vedere nel Covo.

«Non abbiamo niente da dirci».

«Balle. Chiudi la bocca e tieni buona la tua squadra per cinque minuti. Poi me ne andrò, se proprio volete, e potrete tornare a giocare con le macchinine o a nascondervi sotto le coperte, da bravi bambini, eh?»

Leo lanciò uno sguardo agli amici e vide che Martin era rosso in viso e pronto alla rissa. Felix fece spallucce e si sedette. Leo diede di gomito al piccolo Ritter e tutti e tre si prepararono ad ascoltare.

«Dai, spara» disse Leo a quel punto.

Jo l'Amerikaner si tolse il giaccone e distese le lunghe gambe.

«Siete contenti di quello che sta accadendo?»

«Gli sbarramenti, dici?» domandò Leo.

«Ma certo, testa di rapa. Quelli, e il fatto che la città sia ancora più divisa. Il fatto che un sacco di gente non si veda più in giro».

«Nessuno può esserne contento».

«Proprio così. Ecco, io voglio fare qualcosa. E secondo me volete farlo anche voi».

«Di cosa stai parlando?» domandò Leo.

Si sedette meglio, ma continuò a sentirsi scomodo. Qualcosa dentro di lui si stava agitando.

«Di cambiare la situazione. Di ribellarci».

«È questo che fai tu, di solito, vero?» lo pungolò Martin. «Fai il ribelle, il teppista. Dov'è la tua banda? In strada ad aspettare che usciamo così può riempirci di botte?»

L'altro sorrise e si grattò una basetta.

«No, li ho mollati. O meglio, loro hanno mollato me» rispose il bullo. «Non avevo più voglia di girare con loro, non volevo più fare dispetti. M'è passata la voglia, si potrebbe dire. E loro mi hanno scaricato. Adesso è Emil il capo».

I tre rimasero in silenzio.

«Non ti credo» disse Leo. «È una trappola, ma ancora non capisco cosa vuoi».

«Voglio andare di là» rispose Jo piantandogli lo sguardo in viso. «E secondo me volete farlo anche voi».

«Io non capisco» disse Leo dopo qualche istante. «Cosa intendi, dicendo che vogliamo andarci anche noi? E perché tu vorresti andare a Est? Non vivi qui?»

Jo fece una smorfia e si alzò in piedi. Camminò fino alla parete con le foto dei campioni.

«Adesso mi fate fare la recita, ma cercherò di farla breve perché non sono bravo a parlare» disse passando un dito sui ritratti dei calciatori. «Mi chiamano l'Amerikaner, ma sono Berlinese come voi. Solo mio padre non lo è, ma mia mamma non ha mai voluto dirmi a quale delle forze d'occupazione appartenesse. E lei se n'è andata presto. All'orfanotrofio arrivava roba regalata dai soldati e... Be', spacciarsi per figlio di un soldato americano è un buon modo per non farsi mettere sotto da quelli più grandi».

Si voltò e guardò Martin.

«Si deve essere aggressivi se non si hanno muscoli a sufficienza, dico bene?»

Il figlio di Otto si limitò a sistemarsi gli occhiali sul naso.

«Questa storia strappalacrime arriva da qualche parte o vuoi farci perdere tempo?» domandò ancora Leo, impaziente.

«A me interessa» intervenne Felix. «Continua, dai. Possiamo sempre menarci dopo».

Jo ridacchiò.

«Anni dopo è stato mio zio a occuparsi di me, quando è tornato dalla prigionia in Russia. Il suo nome è Bertrand Mann».

«Il padre di Herbert?» chiese Leo.

L'Amerikaner annuì. «Io vivo qui» riprese. «Ma sono loro la mia famiglia. E ora li ho persi di nuovo».

«Vuoi andare a Est?» chiese Martin.

«No. Non lo so... Non credo» si passò una mano fra i capelli. «Ma forse c'è gente che vorrebbe venire qui. Herbert, per esempio, anche se significherebbe lasciare i suoi. E Peter».

Leo scattò in piedi.

«Anche Hanna! Anche lei vuole venire a Ovest, io lo so!»

«Ehi, ehi, ehi!» intervenne Felix. «Di cosa stiamo parlando, qui?»

Fu il momento di Martin di alzarsi in piedi.

«Di una fuga. Organizziamo la loro fuga!»

«Gente, non funzionerà mai» Felix cercò di calmare gli animi. «Possiamo portare di qui i ragazzi, magari, ma le famiglie? Li rivorranno».

«Può bastare» intervenne Martin. «Farà notizia. Sarà una vera scossa. E magari riavrò mio papà prima del tempo».

«Sentite, dobbiamo assolutamente fare qualcosa» disse Leo. «Io non ce la faccio più, è come se mi avessero portato via la voglia di ridere».

«Sì, ti capisco» commentò Felix.

«E allora, se loro non possono venire qui, andiamo noi da loro!»

«Sapevo che vi avrei trasformati in teppisti» disse Jo.

«Cercheremo di farli scappare?» domandò Martin. «Mio papà potrebbe essere in un carcere, ma non so in quale».

«Non lo so» rispose Leo. «Contattiamoli, intanto. Andiamo

da loro. Poi vediamo. Se riusciamo, portiamo di qua chi vuole scappare. Altrimenti… ci avremo comunque provato».

Tornarono a sedersi per terra, questa volta in cerchio.

«Potremmo addirittura giocare la nostra finale» aggiunse Leo guardando le nuvole oltre i vetri sporchi.

«La finale?» gli chiese Jo. «Secondo te è questa la cosa importante?»

Leo guardò il bullo, poi i propri compagni. Come poteva spiegare loro davvero cosa sentiva?

«Be', perché no?» rispose.

«Giocare… quello che sta succedendo è ben più importante di un gioco» insistette l'altro.

«Non capisci? Ci hanno tolto la possibilità di giocare la nostra partita, la nostra finale. Se lasciamo che ci tolgano il gioco ora, cosa saremo disposti a farci togliere quando saremo più grandi?»

Nessuno rispose e Leo continuò.

«Lo so, è solo una partitella tra ragazzi, ma… È come un calcio di rigore quando stai perdendo sei a zero e il tempo è quasi finito. Non servirà a nulla, non cambierà le sorti della partita, ma lo batti lo stesso, no?» cercò con lo sguardo la comprensione dei compagni. Vide Felix annuire.

«Sì, lo calci bene, ci metti tutto te stesso» disse Martin. «Non molli mai».

«Non molli mai» gli fece eco Leo. «Andiamo a Est, dai! Recuperiamoli, tutti. Herbert, Peter, Hanna».

Li riportiamo qui e troviamo un campo dove giocare la nostra finale. E poi… chi vorrà tornare potrà sempre farlo, mentre gli altri saranno già in salvo.

«Superare il confine per giocare» disse Felix scuotendo la testa piano e sorridendo. «Sai che mi piace?»

«Dobbiamo farlo, ragazzi» insistette Leo. «Dobbiamo farlo per loro e per Franz».

«Allora è deciso» disse Jo. «Ma come facciamo?»

«Tagliamo il filo spinato, stanotte!» propose Martin.

«No, impossibile» rispose l'Amerikaner. «Voi bambini andate a letto presto, ma io vi posso dire che le sentinelle ci sono sempre. Ci beccherebbero prima di oltrepassare il confine».

«Allora passiamo dai tetti» suggerì ancora Martin. «Ci sono case proprio sulla linea del confine. Entriamo in una di queste, saliamo sul tetto, passiamo su una di quelle di fianco e poi scendiamo. Possiamo anche fare delle corde con le lenzuola…»

Rimasero in silenzio a soppesare il piano. Leo non ne era convinto.

«È molto pericoloso» osservò. «Qualcuno potrebbe cadere. Oppure potremmo non trovare la casa adatta, una volta che siamo sui tetti».

«E avranno sbarrato le possibili vie di fuga, quelli dall'altra parte» disse Jo.

«Sì, hai ragione» intervenne Felix. «Alla radio di papà dicono che in centro e nella zona francese c'è gente che ha saltato il filo spinato, ma ora sono molto più attenti. E alcuni scappano dalle finestre delle case sul confine, ma quelli dell'Est le stanno facendo sgomberare. E le murano».

A Leo venne un brivido. Intere case murate... la rete di filo spinato stava diventando un enorme muro. Fatto per tener fuori, per tener dentro, per dividere. Era come se la vita di ogni giorno sprofondasse via, nel buio, sottoterra.

Ebbe un'idea. «Ho trovato!» esclamò. «Martin, la mappa di tuo papà! Le tue cartine!»

Il figlio di Otto si illuminò in viso. «Leo, sei un genio!»

«Di cosa parlate?» chiese l'Amerikaner.

«Fantastico, sì!» intervenne Felix. «Ci serviranno torce, magari qualche cosa per non perderci... ma se c'è un percorso...»

«C'è. C'è di sicuro!» rispose Martin togliendosi i capelli dal viso. «Lasciatemi andare a casa a studiare la mappa, papà diceva che si può andare ovunque. Sarà come in *Viaggio al centro della Terra*!»

«Volete spiegarmi?» insistette Jo.

«Dove abita Herbert?» chiese invece Leo.

«In Krüllstraße».

«E Peter?»

«A due passi da Herbert».

«E poi c'è la casa di Hanna, in Plesserstraße» aggiunse Leo. «Dobbiamo andare a prendere anche lei».

«Allora, volete dirmi come?»

Leo guardò il bullo e abbassò la voce: «Passiamo sottoterra, Jo. Questa sera ci infiliamo nella pancia di Berlino e supereremo ogni barriera».

Discussero ancora per alcuni minuti, arricchendo di dettagli e idee un progetto che era da pelle d'oca. Era una follia, avventurosa e incredibile, ma Leo sapeva che era l'unica possibilità per poter fare qualcosa di concreto. Decise di non pensare ai mille dubbi che gli venivano in mente, di non dar tempo alla paura di prendere il sopravvento.

«Siete sicuri?» chiese Jo. «Non sarà uno scherzo».

«Dobbiamo farlo» disse Martin.

«Se non puoi batterli» disse Leo ricordando le parole e la voce di Otto Ritter. Poi scelse di completare la frase a proprio modo. «Devi almeno mettercela tutta».

Felix sorrise e gli diede una gran pacca sulla schiena. «Così si parla!»

«Senza mollare mai» aggiunse Martin. «Come direbbe *Der Boss*».

«Come direbbe Franz» concluse Leo.

I quattro ragazzi restarono in silenzio, ciascuno chiuso nei propri pensieri.

«Ok, dovremo muoverci presto, però» disse Leo a un certo punto. «Voi potete uscire, stasera?»

«Sì» rispose subito Martin. «Inventerò qualcosa con mia zia».

«Nessun problema, ovvio» ridacchiò Jo.

«Dirò che vado a lavorare sul sidecar» spiegò Felix. «E tu, Leo?»

«Dobbiamo farlo prima che torni mia mamma. Ci vediamo qui alle sei?» Annuirono. «Rupert, ci serve anche lui» disse Leo. «Una volta di là dovremo dividerci. Lo porti tu, Jo?» Il bullo annuì. «Bene, allora è deciso».

Si alzarono in piedi, guardandosi negli occhi. A Leo batteva forte il cuore.

«C'è un'altra cosa» disse Jo l'Amerikaner. Porse la mano a Martin: «Mi dispiace».

L'altro strabuzzò gli occhi. «Per cosa?»

«Tuo papà» rispose il bullo. «Non pensavo sarebbero arrivati a tanto. Io credevo che...»

Non riuscì a finire la frase. Martin gli si gettò al collo.

«Carogna! Maledetto!» gridò il piccolo Ritter travolgendo il ragazzo più grande.

Caddero a terra, Martin a cavalcioni su Jo.

Il piccolo ragazzo gridava, sferrando un pugno dopo l'altro. Il bullo, con le braccia alzate, si limitava a cercare di parare i colpi, ma non sembrava intenzionato a difendersi.

«Perché? Perché l'hai fatto?»

Felix e Leo si gettarono per dividerli. Presero Martin per le braccia e lo tirarono via.

«Bella mossa» sentenziò Felix guardando Jo che era ancora a terra.

Aveva un occhio pesto e il labbro cominciava a gonfiarsi.

«Sei stato tu?» domandò Leo. «Perché?»

«Vattene di qui!» strillò Martin, stretto tra le braccia degli amici. «Che cosa vuoi da noi, eh? Lo sapevo! Lo sapevo! Non ci si può fidare! Vuoi far arrestare anche noi?»

Jo l'Amerikaner si rimise lentamente in piedi.

«No. Te l'ho detto. Ero arrabbiato, perché secondo me vi stava favorendo. E perché... oh, accidenti! Perché mi avevate umiliato di fronte alla mia banda e mezza città, tu e quell'altra bambina».

«Sei tu che ti sei sempre comportato da prepotente» rispose Leo. «Ve lo meritavate».

«Forse sì. Ma ero furioso. E non sapevo come fare per togliere di mezzo l'arbitro».

Martin ebbe un altro sussulto, ma le mani degli amici lo trattennero.

«Però mi dispiace davvero. Sono qui anche per questo. Ti chiedo scusa, Martin. Se vorrai avercela ancora con me, ti capirò. Se vuoi pestarmi, fa' pure. Me lo merito, lo so».

«Ti spacco proprio la faccia!»

«Fai bene. Ma solo... fallo domattina. Prima riportiamo di qua Herbert e Peter e Hanna. Prima, facciamo questa cosa insieme».

«Ti rendi conto di cosa stai chiedendo?» domandò Leo. «Prima hai cercato di fare l'amicone e ora te ne esci con questa cosa».

«Avrei dovuto star zitto? Avresti preferito questo?» rispose irritato Jo. «Allora è proprio vero che essere onesti non serve a niente, eh?» Andò a riprendere la sua giacca. «Cercate di non fare i bambini, per una volta. Io vi ho detto come stanno le cose e ho avuto tanto fegato da chiedervi scusa». Se la infilò e aprì la porta.

«Te ne vai?» domandò Felix. «Così? Salta tutto il piano?»

Martin diede un'altra scossa con le braccia, ma Leo comprese che non voleva più attaccar brighe. Lo lasciò andare. Felix fece altrettanto.

«Sei una carogna, Jo» disse il piccolo Ritter.

«Sì, è vero» rispose l'Amerikaner con la mano sulla maniglia. «Io stasera ci sarò. Se ci sarete anche voi, andremo a salvare gli altri. Se non ci sarete... capirò».

Uscì. E Leo rimase a guardare gli amici. Felix fece spallucce.

«Non lo so» disse piano Martin sistemandosi gli occhiali. «Ci devo pensare».

Uscì anche lui, accompagnato da Felix.

Leo rimase da solo nel Covo. Osservò il pavimento polveroso, il kit di montaggio del boing, abbandonato assieme ad altri giochi, il soffitto inclinato, la parete con le foto. Camminò fin sotto il foglio con le regole di Franz e passò una mano sulla calligrafia dell'amico.

Infine, si sfilò la fascia da capitano e la mise in tasca.

Cap. 15

UN VIAGGIO NELL'OSCURITÀ

Fuori dal portone, il cielo di Berlino andava tingendosi della magica luce delle sere d'estate. I colori apparivano più morbidi, i contorni delle cose meno aspri. Era stata una giornata di tumulti, di proteste, di grida e rabbia, di fronte al filo spinato e ai fucili con le baionette.

Dentro, nell'atrio dell'edificio, le ombre si allungavano sui visi dei ragazzi riuniti di fronte a Leo. Jo l'Amerikaner, Felix e Rupert Stol erano pronti, attendevano un segnale da lui.

«Che ore sono?» chiese.

«Le sei e dodici» rispose Rupert, l'unico ad avere un orologio.

«Non viene» disse Jo, con le mani in tasca e il labbro gonfio. Una posa da duro accentuata dalla penombra.

«Verrà» disse invece Felix.

«Dobbiamo andare, anche senza di lui» insistette il bullo.

«Aspettiamo Martin» sentenziò Leo.

«Che c'è, hai paura?»

Leo sostenne lo sguardo e alzò il mento.

«Io non ho paura di niente».

Felix si schiarì la voce e poi sistemò meglio lo zaino che aveva in spalla.

«Che hai lì dentro?» gli chiese Leo, segretamente grato per l'occasione di prendere ancora un po' di tempo.

«Oh, qui? Delle cose che potrebbero servirci».

«Tipo?» chiese Jo. «Armi?»

«No, stai scherzando? Io ho solo tredici anni, eh!»

«Vabbè» intervenne Rupert, alto e dinoccolato. «Allora, che si fa? Se non andiamo, io torno a casa».

«Avanti, decidiamo» insistette l'Amerikaner.

«Aspettiamo, Martin verrà» disse Felix. «Lo so».

«Te l'ha detto lui?» Leo era alle strette e sperò che l'amico cogliesse il suggerimento nascosto in quella frase.

«Be', veramente...»

«Non verrà» tagliò corto Jo. «Tu verresti? Se io ti avessi fatto arrestare il padre, verresti con me? Io non credo».

«Sì, ma...» Leo esitò.

«La strada?» gli chiese Felix. Leo annuì.

«Be', almeno il primo pezzo me lo ricordo: al ragno gigante si gira a destra. Ma poi...»

«Ah, non conoscete neanche la strada?» domandò Rupert con tono allarmato.

«Non ho detto questo!» riprese Leo. «Oh, be', penso che potremo sempre risalire ogni volta che ne abbiamo l'opportunità e vedere dove siamo, no?»

«Mi sa che stiamo facendo un errore» si lamentò Felix

facendo strada verso la scala che scendeva. «Dovremmo aspettare Martin».

Leo passò in testa quando raggiunsero la cantina con i mobili impolverati. Laggiù la voce della città non arrivava. Mise una mano sulla maniglia della porta in fondo alla stanza, e guardò i compagni. Questi annuirono, uno per uno.

Leo aprì la porta, e i quattro si trovarono a fissare un corridoio buio e umido in cui l'aria pareva sussurrare.

«Abbiamo una torcia?» domandò Leo.

«Sì, certo» rispose Felix.

Armeggiò nel suo zaino e ne estrasse una militare, con impugnatura a pistola e un vetrino rosso.

«Roba americana» spiegò con un sorriso. «Me l'ha regalata mio papà. Mi ha detto che la luce rossa è più difficile da scorgere, al buio».

«Grande idea» commentò Jo ammirato. «Ora basta solo capire dove dobbiamo andare».

«Per questo vi servo io» disse una voce alle loro spalle.

Leo si voltò con un sorriso stampato in faccia: era arrivato Martin.

Con una borsa a tracolla e una torcia in mano, Martin li condusse per un primo pezzo, andando a memoria. Leo si sentiva al sicuro di fianco all'amico.

«Avevo paura che non venissi» gli sussurrò.

«E non volevo, infatti».

«Perché sei qui, allora?»

«Per voi. Ho perso mio papà, senza di me sparireste anche voi, inghiottiti da questi sotterranei. Di quei due...» fece un cenno con la testa, per indicare Rupert e Jo. «Non è che me ne importi tanto. E nemmeno di Felix se posso essere sincero».

«Ti ho sentito, quattrocchi» disse bonariamente Felix, da dietro.

Leo non aveva bisogno di altro. Con i suoi due amici poteva affrontare qualunque cosa. Anche un viaggio verso Est lungo tunnel vecchi di decenni.

«Grazie» si limitò a dire. L'altro non rispose.

Si mossero con calma, affidandosi ai ricordi di Martin, che li guidò con attenzione e precisione. Leo si stupì ancora una volta della capacità del piccolo Ritter. Tuttavia, anche così, gli parve che il viaggio non finisse mai. Era certo che di lì a poco sarebbero emersi a Berlino Est. Avrebbero recuperato Hanna, Herbert e Peter, sarebbero tornati a Ovest, e avrebbero chiuso il torneo con una partita da sogno.

Avrebbero giocato in onore di quanto avevano perso e di quanto ancora potevano avere da quella folle estate. E tutto si sarebbe sistemato. Ma il percorso nel sottosuolo non accennava a terminare.

Dopo qualche tempo, Leo vide che stavano percorrendo gallerie sconosciute.

Martin si fermò e prese dalla borsa una mappa. Ne aveva altre, là dentro. Ma ne scelse solo una. La aprì, spiegando a Jo e Rupert come fosse possibile muoversi per il sottosuolo della città.

«Ecco. Possiamo andare, ora» disse dopo aver studiato la cartina. «Dovremmo incrociare un tunnel per la manutenzione delle vecchie gallerie militari. E scenderemo».

«Di più?» domandò Rupert.

«Sì. Per forza. Il rischio di finire in uno dei palazzi che stanno murando è elevato e, se ci perdiamo, passeremo troppo tempo a ritrovare la strada. Il metodo più sicuro per oltrepassare il confine è cercare i corridoi più profondi».

«Profondi quanto?» chiese Felix.

«Sotto la metropolitana» rispose la guida. «Quelli delle fogne».

«Ah, meno male» commentò l'amico. «Temevo ci saremmo annoiati».

Dopo molte svolte e altre scale, raggiunsero una vecchia porta di metallo, dal profilo tutto storto, parzialmente divelta.

«Dobbiamo passare di qua» disse Martin consultando la mappa.

Leo si fece avanti e provò ad aprire la porta infilando le dita nel sottile varco tra il battente e gli stipiti. Dall'altra parte proveniva una puzza terribile.

«Aaah, ma cos'è questo odore?»

«Ehm... non lo volete sapere» rispose Martin. «Ma è da lì che dobbiamo passare. Dategli una mano».

Jo e Felix presero il posto di Leo e afferrarono la porta di ferro.

«Al tre» disse il bullo. «Uno, due...»

«Tre!» finì Felix.

I due tirarono con forza. Piantarono meglio i piedi per terra, gonfiarono i muscoli e ci riprovarono. Con uno stridio di protesta, la porta girò sui cardini e si aprì.

Li attendeva il buio. E un odore nauseabondo che parve strisciare verso di loro in zaffate pesanti.

«Oddio...» si lamentò Leo.

«Ma sembra...» cominciò Rupert. «Sembra...»

«Ehi, mi sa che abbiamo trovato le fogne!» fece Felix, fingendo allegria.

«Ci dobbiamo proprio passare?» chiese Jo. «È anche buio pesto».

«Sì dobbiamo andare di là. Dovrebbe essere solo un canale poco profondo ma...»

«Cioè?» chiese Leo. «Quanto profondo?»

«Non lo so».

«Ehi, sento qualcosa» disse Leo a un certo punto.

I quattro rimasero silenziosi e in ascolto. Si poteva udire il rumore di liquido che scorreva, come in un piccolo torrente. Qualcosa gocciolava.

Si sentì anche uno zampettio odioso.

Puntarono il fascio della torcia in avanti e illuminarono il condotto fognario. Era un tunnel largo, con marciapiedi di cemento e un canale di almeno quattro metri. Ricolmo di melma fetida e maleodorante. Nel liquame galleggiavano oggetti sconosciuti.

«Oh, no. Cosa facciamo?» domandò Leo.

«Lo so io» disse Felix aprendo lo zaino e prendendone dei sacchetti di plastica. «Spero che questi possano bastare. Martin hai del nastro adesivo?»

«Che ci dobbiamo fare?» chiese Jo.

«Felix, ritiro parte delle cose cattive che ho detto sul tuo conto» dichiarò Martin. Prese un rotolo di nastro dalla borsa e lo porse all'amico. «Ci facciamo delle ghette» spiegò poi il piccolo Ritter. «Degli stivali, insomma. Così non infiliamo i piedi in quella roba».

Leo era ammirato e stupito, i suoi amici erano pieni di sorprese e risorse. Sarebbe stato perso, senza di loro. Resse la torcia elettrica mentre i suoi due compagni infilavano i piedi nei sacchetti di plastica. Poi, con il nastro, fissarono i manici e il bordo in alto, appena sotto il ginocchio. Un altro giro di nastro adesivo stringeva il sacchetto intorno alla caviglia. In questo modo, quelle improvvisate calze impermeabili restarono aderenti.

«Ok, l'idea è mia, vado prima io» disse il portiere della *Neukölln*.

Prese la torcia e i ragazzi ne accesero un'altra. Lo videro raggiungere il bordo del canale della fogna. Si voltò e fece un'espressione disgustata. Poi si tappò il naso e mise un piede nel liquame. Con orrore, Leo vide la gamba dell'amico affondare fin oltre la caviglia.

«Ehi, si tocca!» scherzò Felix. «Venite, è anche bella calda» e così dicendo mosse i primi passi in quel fiume puzzolente.

«Oddio, che schifo» si lamentò ancora Rupert. «Potrei vomitare».

«Stammi lontano, allora» rispose l'Amerikaner.

Leo non lo disse, ma dovette farsi forza per non cedere alla nausea. La puzza gli aveva invaso le narici e i rumori che faceva Felix, mentre camminava in quella fanghiglia marrone, erano rivoltanti.

Si dotarono tutti di sacchetti e attraversarono la fogna. Il liquido era caldo. Leo sentì piccoli oggetti morbidi urtagli i polpacci. Calpestò cose mollicce, lottando per non perdere l'equilibrio e avanzando in fila indiana con gli altri.

Rupert continuava a fare versi e Felix, ormai dall'altra parte, puntava una torcia sul loro percorso.

«Puzzeremo per sempre, lo so» disse Leo controllando dove metteva i piedi.

Fu un'esperienza terribile, maleodorante e nauseante. Quando risalirono dall'altra parte, però, stavano tutti ridendo a crepapelle.

«E adesso come ce li togliamo?» chiese Rupert Stol sollevando un piede chiuso nel sacchetto. Ne caddero gocce pesanti che si spiaccicarono con dei sonori *Plof! Plof!*

In qualche modo aveva preso più schizzi degli altri e ora era completamente inzaccherato.

«Felix, hai ancora un sacchetto?» chiese Jo l'Amerikaner. «Un sacchetto pulito, dico».

«Sì, ecco».

Il bullo infilò una mano nel sacchetto, lo fece aderire come se fosse un guanto, poi con l'altra mano prese di tasca un oggetto. Ci fu uno scatto metallico e la lama di un coltello a serramanico lampeggiò nel buio.

«Un coltello?» domandò Leo allarmato. «Che ci fai, con quello?»

Jo si chinò e si tagliò via i sacchetti dai piedi, facendo attenzione a non farsi male.

«Ci libero da questa schifezza, che altro?»

«Sì, ma adesso non abbiamo più sacchetti per tornare» si lamentò Felix.

Si lasciarono la fogna alle spalle e ripresero a muoversi. Rupert Stol e la sua puzza furono messi in fondo alla fila.

Martin controllò ancora le sue carte e scelse con sicurezza tunnel e gallerie. Li portò fino a un muro di mattoni, che una volta doveva bloccare il corridoio. Al centro, i blocchi erano caduti e c'era una breccia. Passarono piano, uno alla volta, e a Leo parve di essere un esploratore alla ricerca di un tesoro perduto. Un pirata in un sotterraneo dimenticato. Un eroe.

Superarono una specie di atrio con tre diverse gallerie,

attraversarono stanze sotterranee, condotti con nicchie e tubature che sembravano vecchie di secoli, tratti dove l'umidità si era addensata in pozze maleodoranti. Infine scesero una lunga scala di metallo. I pioli erano rugginosi e le scaglie rimanevano sotto i polpastrelli. La scala scendeva lungo un pozzo di vecchio cemento e terminava in una stanza rotonda, dal soffitto basso e l'aria opprimente.

Dopo un paio di cambi di direzione, imboccarono un tunnel e si accorsero che li portava in profondità.

«Ehi, sento qualcosa» disse Leo a un certo punto. Si era accorto di un rumore insistente che andava aumentando.

Si fermarono e rimasero in ascolto. La torcia di Martin era l'unica fonte di luce e dava ai loro volti sembianze spaventose.

Dopo un attimo, Leo sentì una vibrazione sorda, in crescita. Sembrava un terremoto.

«Ma cosa...?» fece per chiedere.

Prima che potesse completare la frase, il tunnel venne scosso da un forte tremito. Leo lo sentì risalire dai piedi fino alle ginocchia, faceva impressione. Poi venne il rumore, un sibilo intenso, un soffiare di aria nelle gallerie, un ruggito meccanico e cadenzato. Intonaco e polvere caddero dal soffitto.

«La metropolitana!» spiegò Martin alzando la voce. «Ci siamo vicini».

Come era venuto, così il tutto cessò, gradualmente, nel

silenzio e nel buio. Superarono il tunnel e arrivarono a un altro incrocio. Martin consultò ancora la mappa e scelse una nuova strada, ma dopo poco fece segno di fermarsi.

«Che c'è adesso?» gli chiese Leo.

Martin non rispose, si limitò ad alzare il fascio della torcia, puntato in avanti. Il tunnel proseguiva per una manciata di metri, poi ne incontrava un altro, messo di traverso, a "T". Per terra c'era sporcizia e umido, e un cattivo odore aleggiava nell'aria. Nel buio risplendevano decine di occhietti rossi.

«Topi!» disse Leo.

«Ah, che schifo» fu il commento di Rupert. «Non li sopporto».

«Che volete che siano, quattro topi?» protestò Jo. «Andiamo verso di loro e si sposteranno».

«E se non lo fanno?» domandò Martin. «Se li spaventiamo? Lo sai che se si sentono messi in trappola attaccano? Sai cosa ti possono fare dieci topi che ti saltano addosso? E venti o quaranta?»

«No, cosa mi faranno mai?»

«Ho letto una storia, una volta» sussurrò Martin con aria da cospiratore. «C'era un tizio che comperava una vecchia casa su una scogliera, per poi scoprire che era infestata dai topi: correvano dentro le pareti! Quando ha cercato la loro tana ha trovato centinaia di scheletri, centinaia! Tutta gente rosicchiata dai ratti nel corso dei secoli...! Pulita fino all'osso!»

«Oh, dai finiscila» rispose Jo.

Leo ebbe un brivido. I topi non gli davano fastidio, normalmente. Gli era anche capitato di vederne, uno o due, di giorno, sulle rive della Sprea. Ma trovarseli così, al buio, sottoterra, era tutt'altra faccenda.

«Cosa facciamo?» domandò.

«Non lo so. Vediamo che intenzioni hanno».

Alcuni roditori si misero sulla soglia del tunnel percorso dai ragazzi e annusarono l'aria. Un paio avanzarono all'interno. Martin indietreggiò e Leo con lui.

«Ehi!» protestò Felix.

«No, non fate così» disse Rupert, con una nota di allarme nella voce.

«Ci vengono incontro!» avvisò Martin. «Non mi piace».

«Aspettate, ho un'idea» disse Felix. «Fammi luce».

Leo vide l'amico togliersi lo zaino e aprirlo, vi rovistò all'interno e tirò fuori due barattoli di carne in scatola.

«Uno spuntino?» domandò.

Felix sollevò lo sguardo e gli fece l'occhiolino.

«Sì» rispose. «Ma non per noi». Aprì i barattoli e superò Martin. I topi si fermarono, squittirono e soffiarono minacciosi. «Gente, sentite questa» disse Felix dando un'occhiata ai roditori. «C'è un topo che dice a un altro: 'Oh, no, guarda! Un gatto nero, facciamo attenzione!'...»

Oltre la soglia, altri roditori si stavano radunando. Dovevano essercene decine.

«Oh Dio, Felix, non ora...!» si lamentò Martin, ma l'altro non gli diede retta.

«Be', allora l'altro topo sorride e poi dice: 'E allora? Noi non siamo mica superstiziosi, no?'».

Rupert ridacchiò nervosamente, gli altri restarono in silenzio. Leo, non riuscì a trattenere un sorriso.

Felix era sempre il solito.

Lo vide prendere un boccone di carne e lanciarlo di fronte ai topi più vicini. Questi annusarono l'aria, si avvicinarono guardinghi e piano piano assaggiarono il boccone. I loro compagni rimasero a osservare, facendo fremere i baffi e squittendo.

Felix lanciò un'altra manciata di carne un po' più indietro. I topi che erano nel tunnel dei ragazzi scattarono sui bocconi. Altri ancora sciamarono dall'intersezione. La carne scomparve in un lampo e gli occhietti rossi tornarono a guardarli.

«Ecco, ora abbiamo la loro attenzione» disse Leo con un certo disagio. «Sicuro che sia una buona idea? Gli abbiamo appena detto che qui c'è roba buona da mangiare».

«Abbiate fiducia, è un vecchio trucco».

Felix lanciò uno dei due barattoli al centro del tunnel di traverso. La lattina rimbalzò rumorosamente e il pavimento parve muoversi come un tappeto animato. Decine di topi si gettarono sul cibo, tra fruscii di code e squittii.

«Da che parte dobbiamo andare, Martin?»

«A destra».

«Leo, prendi la torcia e vieni con me» ordinò ancora Felix. «Mi serve luce».

Leo ubbidì e rischiarò la nuova galleria. Una marea di roditori si agitava intorno al barattolo.

«Punta a sinistra» disse ancora Felix. Leo fece come gli veniva detto.

L'amico prese la mira e lanciò la nuova lattina. Il barattolo rotolò spargendo carne e gelatina, poi urtò la parete di fondo e si fermò. La marea pelosa si gettò sul nuovo spuntino. Il tiro era stato perfetto: sufficientemente vicino per attirare i roditori, ma non troppo per permettere alla piccola comitiva di passare.

«Andiamo!» ordinò Felix a quel punto. «Veloci! Via! Via!»

Martin raggiunse Leo, gli prese la torcia e fece strada. I ragazzi entrarono nel nuovo tunnel, voltarono a destra e corsero.

Felix li aveva tolti ancora una volta da un brutto impiccio.

Salirono. Lungo scale di cemento e scalette di metallo. Incontrarono corridoi vuoti ma impolverati.

Vecchie stanze e cantine, tunnel di servizio con tubature e cavi.

«*Ssst*!» fece Martin a un certo punto. E spensero la torcia di Felix, quella con il vetrino rosso. L'unica che avessero accesa in quel momento. «C'è qualcuno!»

Era vero. Anche Leo poteva sentire il rumore di passi

lontani, portati da un'eco ingannevole. E vide che il buio non era più totale. Lontano, oltre l'angolo dietro cui si trovavano, c'era un debole alone di luce. Si muoveva.

«Chi pensi che sia?» chiese a Martin. Il ragazzo si sporse appena e guardò.

«Soldati!» sussurrò poco dopo. «Ne ho visti tre».

«Cercano noi?» domandò Jo, dietro di loro.

«No, non credo. Forse è solo una pattuglia».

«Non è un buon segno, però» osservò Leo.

«No, infatti» commentò Martin. «Dobbiamo fermarci e aspettare: ormai siamo vicini alla meta, sarebbe stupido farsi beccare proprio adesso. Restiamo nascosti e in silenzio».

I minuti passarono lentamente. Leo si sforzò di non pensare a cosa avrebbero fatto una volta fuori, ma non ci riuscì. Sarebbe andato da Hanna, certo. E l'avrebbe salvata. E insieme, una volta che tutto fosse passato, avrebbero potuto concludere la finale. Avrebbero giocato. Forse avrebbero vinto. Ma ce l'avrebbero messa tutta, come sempre. Sarebbe stato al fianco di Martin e Felix, due amici le cui capacità aveva riscoperto in quell'occasione. Si sentiva molto vicino ai suoi compagni. Poteva vederne le forme, ora che gli occhi si erano di nuovo abituati all'oscurità. Seduti fianco a fianco, sembravano un gigante e un folletto.

Erano i suoi amici.

"Per loro, per Franz e Hanna," si disse "non mollerò mai".

Cap. 16

LA NOTTE DI BERLINO EST

Felix sollevò sulla propria testa il pesante tombino di ghisa. Leo gli sgusciò a fianco sulla scala a pioli.

«Cosa vedete?» sussurrò da sotto Martin.

Si guardò in giro. Strade deserte, abitazioni con le luci spente, cortine tirate. Nessuna macchina, nessun pedone: Berlino Est dormiva.

«Tutto libero!» riferì.

Felix spostò di lato il tombino e lo appoggiò a terra. Leo fu rapido a tirarsi fuori dal pozzo di cemento, poi aiutò l'amico. Dietro di lui, Martin salì agile e aiutò Rupert. Jo l'Amerikaner fu l'ultimo e assieme a Felix risistemò il coperchio di metallo.

«Non rimettetelo completamente a posto» suggerì Martin. «Potrebbe farci comodo avere la via di casa aperta».

Gli obbedirono. Poi, guidati da Leo, i cinque ragazzi corsero piegati in due fino al riparo più vicino. Si acquattarono dietro grossi vasi pieni di piante.

«Dove siamo?» chiese Leo.

Rupert allungò il collo e diede un'occhiata alla targa della via. «Kiefholzstraße».

Martin prese una cartina della città e la aprì.

«Ok» disse dopo qualche minuto. «Noi siamo qui. La casa di Hanna è...»

«Plesserstraße, vicino al teatro» rispose Leo.

«Bene, allora è da quella parte» indicò lungo il viale. «Herbert e Peter sono da quell'altra parte».

Seguì un attimo di pausa, durante il quale si udì il lamento di una sirena della polizia. Si spense nella notte.

«Va bene. Ci dividiamo» disse Leo. «Jo, Rupert, voi andate dai vostri amici. Martin, tu e io andiamo da Hanna».

«E io?» domandò Felix. «Mi lasciate indietro?»

«Mi dispiace» gli disse Leo. «Ma ci servi qui: potremmo aver bisogno di scappare in fretta, come ha detto Martin. Jo deve andare da suo cugino, ma tu ci devi aprire la via di fuga in poco tempo».

L'amico fece un sorriso e annuì.

«Nessun problema, capisco. Ho ancora un panino da far fuori, mi metterò comodo».

Faceva impressione camminare per le strade di quella mezza città. Un conto era attraversare Berlino Est in auto, con il signor Pretzer e Felix, ma tutt'altra cosa era muoversi guardinghi, cercando di non far rumore.

Raggiunsero un incrocio e si fermarono dietro un'auto parcheggiata. Una macchina dei *Vopos* stava percorrendo il viale. Dai muri, poster di propaganda e locandine di spettacoli di balletto occhieggiavano alla luce dei pochi lampioni.

«Per di qua, ci siamo quasi» disse Martin.

I due ragazzi si mossero con cautela, da un riparo all'altro. Arrivarono all'angolo della via e si fermarono ad ascoltare.

«Ma cosa...?» cominciò Martin.

Debole nell'aria della notte, si poteva sentire un ritmo *country* e una voce che cantava. Leo sorrise.

«Ricky Nelson» disse. «*Hello Mary Lou*».

«Sicuro?»

«Oh, sì. La mia vicina la fa andare sul giradischi in continuazione. Ormai la so a memoria».

Si sporsero e videro la casa di Hanna.

Tutta la via riposava, con imposte chiuse e tapparelle abbassate, anche se l'ora non era troppo tarda. La casa dei Fuchs, invece, aveva tutte le luci accese e le finestre aperte.

Sul davanzale di una delle finestre che si affacciavano sulla strada, un grosso gattone dal pelo rosso sonnecchiava acciambellato.

La musica proveniva da una camera sul lato della casa, con la finestra che dava su un vicoletto.

«Ci siamo!» dichiarò Leo.

«Non me lo vedo un capitano dei *Vopos* che ascolta rock 'n' roll, di notte» fece l'altro.

«No, infatti. Dev'essere Hanna e questo significa che il papà non c'è».

«Bene. Andiamo!»

Il piccolo Ritter scattò in avanti, ma proprio allora Leo

allungò una mano, fermò l'amico per una spalla e lo riportò al riparo.

Alla finestra della camera di Hanna era comparsa una donna dal viso severo. Questa guardò in strada, poi chiuse le finestre e tirò giù la tapparella.

I minuti correvano veloci. I due ragazzi erano nascosti, in attesa di qualcosa, ma la finestra restava chiusa.

«Cosa facciamo?» domandò Martin. «Non possiamo mica andare alla porta e chiedere se Hanna vuole uscire a giocare».

Leo si mordicchiava un'unghia.

«No, infatti. Accidenti».

Udirono dei rumori: qualcuno stava chiudendo anche le altre finestre della casa e abbassando le tapparelle. Presto l'abitazione di Hanna sarebbe stata sigillata. Il gatto si stiracchiò e si voltò a pancia all'aria.

«Ci vorrebbe un segnale o qualcosa per fare uscire Hanna» osservò Martin. «Oppure per far uscire quella donna».

«Bravissimo, Martin!» esclamò Leo tenendo l'amico per le spalle. Il cuore era tornato a battergli forte come un tamburo. «Ho un'idea, ascolta!»

Leo sussurrò rapido il piano. Era un'idea semplice e forse, proprio per questo, avrebbe potuto funzionare.

«Pensi di farcela? È un po' alto».

«Sì. I mattoni sono sporgenti, dovrei potermi arrampicare

e poi è meno alto di quanto sembra. Ci rivediamo qui appena è tutto fatto».

«Va bene, allora andiamo».

Martin gli strinse la mano: «In bocca al lupo!».

«Crepi».

Uscirono da dietro l'angolo e si separarono. Leo vide Martin correre dietro le auto parcheggiate. Lui attraversò la strada e si acquattò nel vicolo, dietro alcuni bidoni dell'immondizia.

Lentamente, ne prese uno e lo portò fin sotto la finestra di Hanna. Dai fori nella tapparella vide che la luce era ancora accesa. Si sentiva ancora la musica.

Attese.

Una voce femminile prese a chiamare. Leo giudicò che il suono provenisse dalle finestre che davano sulla strada.

«Dodò? Vieni bello, Dodò...?»

Silenzio.

«Dodò? Micio-micio? Vieni a casa, Dodò!» la donna cominciava a spazientirsi. «Oh, misericordia! Dove s'è cacciato ora quel gatto?»

Le rispose un miagolio.

«Miao... Miaaaoooo! Miaaaaaoooooo!!!»

Era Martin, ma la sua imitazione era perfetta.

«Dodò?» domandò la donna, con tono sempre più allarmato.

«Miaaaaooooo...»

«Ci mancava solo questa!»

Sentì le finestre chiudersi e il miagolio s'interruppe. Dopo poco, si udì la porta di casa che veniva aperta.

«Dodò! Dove sei? Guarda che se esco, mi arrabbio! Dove ti sei cacciato, gattaccio...?»

Il miagolio si fece più lontano.

«Misericordia!»

Leo rimase zitto e nascosto. Se tutto era andato per il meglio, ormai la donna doveva essere uscita di casa, non c'era tempo da perdere!

Raccolse un sasso e lo lanciò contro la tapparella.

Tack!

Ne prese una manciata e cominciò a lanciarli.

Tack! Ta-ta-tack!

Ancora niente.

Tack! Ta-tack! Ta-ta-ti-tack!

Finalmente la tapparella venne sollevata. Un volto comparve alla finestra, dietro la tendina. Era Hanna.

Leo uscì allo scoperto, le sorrise e la salutò.

La ragazzina spalancò la bocca. Aveva gli occhi che brillavano di emozione. Aprì la finestra.

«Ciao, Hanna! Scusami, sono stato un idiota, sono qui per salvarti. Vieni, presto! Vogliamo giocare e...»

Lei si fece seria e inclinò la testa di lato.

«Che cosa?» disse sollevando un sopracciglio. «Sei impazzito, per caso?»

Leo era in difficoltà. Non aveva mai pensato che l'ostacolo più difficile fosse proprio convincere Hanna.

La guardava dal basso, in piedi nel vicolo, mentre lei si sporgeva dalla finestra. Hanna indossava un pigiama bianco con fiori rosa.

«Vogliamo farti scappare: a Ovest! Vogliamo giocare!»

«Ma "vogliamo", chi?» domandò lei.

«Noi, la tua squadra e...»

«Io non ho una squadra. Mi hai cacciata, ricordi?»

«Ricordo benissimo» Leo si guardò le scarpe. «Sono stato uno stupido, non avrei dovuto farlo».

Dopo un attimo di silenzio, lei disse: «Questo mi piace molto, dillo di nuovo».

«Non avrei dovuto farlo».

«No, quell'altra cosa».

«Sono stato uno stupido?» domandò Leo tornando a guardarla.

«Proprio così, un grosso stupido! E adesso sei qui? E vorresti che giocassimo... stasera?»

«Sì! E voglio farti scappare!»

Un'auto sfrecciò lungo la strada e il rumore del motore fece sobbalzare i due ragazzi. Venne seguita subito dopo da una seconda automobile.

«Sbrigati, Hanna, non abbiamo tempo!»

«Leo, io non vengo» disse lei incrociando le braccia sul petto.

«Cosa?» il mondo gli stava crollando addosso. «Non è possibile...»

«Senti, se ci vede mia zia, finisce male».

«Ci ha pensato Martin, l'ha attirata fuori casa e...»

Hanna si sporse dalla finestra e guardò verso la strada. Si sentiva ancora la voce della donna che chiamava "Dodò!".

«Ti prego, fammi entrare» implorò Leo sottovoce. «Ti devo parlare».

Hanna sporse il labbro e rifletté su quelle parole.

«Non posso farti entrare dalla porta, potrebbero vederti. Ce la fai ad arrampicarti?»

Leo non se lo fece ripetere. In un attimo era in piedi sopra il bidone. Poi si aggrappò ai mattoni, mentre il coperchio di metallo gli traballava sotto i piedi. Allungò le mani e si afferrò al davanzale, spingendosi in alto con fatica. Hanna lo prese per le spalle, aiutandolo a salire. Si trovò con la pancia sul davanzale e si diede un'altra spinta... travolgendo la ragazzina.

Caddero sul pavimento della camera di lei, atterrando su un tappeto coperto di quarantacinque giri e custodie di cartone. Leo si ritrovò disteso sopra Hanna e si meravigliò del buon profumo che proveniva dalla ragazza. Si tirò via con un balzo.

«Eh, scusa, non volevo, sono inciampato».

«Caduto, vorrai dire» lo corresse lei. «Allora, cos'è

questa storia?» Poi si tappò di colpo il naso. «Ma cos'è 'sta puzza?»

«Sono io, credo».

«Che schifo!» Hanna arretrò. «Allora, cosa devi dirmi?»

«Siamo venuti a salvarti!»

«Ma io non ho bisogno di essere salvata».

«Ma come?» domandò Leo ad alta voce.

«*Ssst!* Mia zia ti sentirà!»

Hanna si chinò subito per terra e infilò un quarantacinque giri nel giradischi. Alzò un po' il volume e il rock 'n' roll tornò a levarsi nella sera.

«Ci siamo tutti. Anche Jo l'Amerikaner e Rupert Stol».

«Oddio» disse Hanna. Prese un golfino dal letto se lo mise addosso. «Sono qui fuori?»

«Ma no, Rupert e Jo sono andati a chiamare Herbert Man e l'altro giocatore della *7 Ottobre*. Felix controlla la via di fuga. Martin ha distratto tua zia. E io...»

«E tu...?»

«Ho visto la tua foto, nella cassetta di Otto. Ho capito, ora so. Vuoi scappare a Ovest. Sono qui per aiutarti, c'è un tunnel e possiamo tornare di là».

Lei si sedette sul letto, poi si mise a gambe incrociate.

«Accidenti, io...»

«No, non c'è tempo per ringraziarmi, lo farai dopo!»

Lui scattò, la prese per mano e cominciò a tirarla. «Dai, muoviti, andiamo!»

Lei liberò la mano dalla sua stretta.

«Leonard, sei proprio uno stupido, no!» rispose Hanna. «Non voglio ringraziarti. È vero, ho contattato Otto, perché volevo scappare ma... non posso».

«Cosa? Ma perché?»

«Perché mio papà non verrà mai via. La sua vita è qui. Ho già perso mia mamma, non posso perdere anche lui. Il mio era una specie di dispetto, credo. Un esperimento, per vedere se funzionava».

Leo si sedette per terra. Prese la copertina di un disco, giusto per far qualcosa, e diede un'occhiata alla foto, senza vederla veramente.

«Quindi non scapperai a Ovest?» Lei scosse la testa, a labbra strette. «Ma come... io credevo...»

«Non posso, non capisci? Mi piacerebbe, ma... è qui che voglio stare. Devo stare con la mia famiglia».

«Ma quando ti rivedrò, allora?» le parole gli erano uscite di bocca prima di rendersene conto.

Leo arrossì e Hanna gli sorrise. «Sei molto dolce».

Leo lasciò cadere la copertina e tornò in piedi. Una rabbia bruciante gli covava in petto.

«Ci porteranno via tutto, lo capisci? *Mi* porteranno via tutto. Prima Franz, poi il campo e la piazza. Il torneo, non ci sarà più. E ora anche tu, la mia squadra, va tutto a rotoli!»

«Mi dispiace, Leo. Ma perché, mi riprenderesti in squadra?» domandò Hanna.

«Sì. Te l'ho detto, mi sono sbagliato sul tuo conto. È stato Jo l'Amerikaner a fare la spia. Io vorrei che tu tornassi. Abbiamo bisogno di te, sei bravissima».

Lei esitò e lui sorrise: aveva ancora un asso nella manica.

«Giochiamo, Hanna! È l'unica cosa che davvero non ci possono prendere. È l'unica cosa che ancora mi resta. Vieni con noi oltre il reticolato, stasera. Per favore!»

Si fermò, perché Hanna aveva le lacrime agli occhi.

Le si avvicinò piano.

«Troviamo un altro campo» disse ancora Leo. «Giochiamo la finale contro la *7 Ottobre*. E poi ti riporto a casa. Sarà l'ultima partita dell'estate, la sfida per il torneo, l'avventura più importante di tutte».

«Oh, Leo!» esclamò Hanna gettandogli le braccia al collo.

«Significa sì?»

«Certo, che significa sì» rispose lei mentre le lacrime bagnavano le guance di entrambi. «Dammi il tempo di cambiarmi e ci sono».

Si separarono, Hanna andò verso la sedia su cui aveva ripiegato i vestiti, dando le spalle a Leo. Lui si avvicinò alla porta, ma si fermò impietrito. Sulla soglia c'era una donna dal volto arcigno, con in braccio il gatto Dodò.

Cap. 17

IN FUGA!

Leo deglutì a vuoto, sentì forte l'impulso di scappare, la donna era saldamente piazzata sulla soglia della cameretta di Hanna. Dietro di lei, si intravvedeva il corridoio della casa.

«Zia Gertrude, non è come sembra!» protestò Hanna.

«Ah, no? E dimmi, cara, come sarebbe in realtà?»

Il gatto rosso fece andare nervosamente la coda, avanti e indietro.

«Lui è… un mio amico».

«Piacere, signora» disse Leo tirando fuori tutto il coraggio che gli rimaneva e porgendo la mano. «Mi chiamo Leonard Wolke».

La donna sollevò un sopracciglio e lo guardò con disprezzo.

«È un po' tardi per le visite di cortesia, signor Wolke. Si sieda, mentre vado al telefono, sono sicura che la polizia troverà molto interessante la storia che racconterà».

«No, zia per favore, no…» disse Hanna.

Leo vide qualcosa alle spalle della donna e un misto di terrore e speranza si fece strada nel suo cuore. Era il momento per un altro diversivo.

«Oddio, non mi sento tanto...» disse portandosi una mano alla fronte e gonfiando le guance. «Credo di dover vo... di dover vomita... Ooooh!»

«No! Non sul tappeto!» urlò la donna lasciando cadere il gatto.

Fu allora che, sotto gli occhi increduli di Hanna, Martin colpì. Era in corridoio, subito dietro la zia Gertrude, con in mano una tovaglia. La usò come se stesse lanciando una rete e la stoffa planò esattamente sulla testa della donna, per poi caderle sul viso, le spalle e il petto.

«Aiuto!» gridò lei, mentre Martin le si gettava contro le gambe.

Caddero al suolo entrambi, ma il ragazzino era pronto e tenne la zia intrappolata nella tovaglia.

«Zia!» disse Hanna, con le mani alla bocca.

«Ci perdoni, signora!» disse Leo intervenendo prontamente a bloccarla. «Non vogliamo farle del male, e nemmeno a sua nipote».

«Polizia! Aiuto, polizia!» gridò ancora la zia che si dibatteva.

«Dobbiamo immobilizzarla» disse Martin con urgenza. «Presto, una corda!»

«Non ce l'ho» rispose Hanna. «Ti pare che tenga da parte delle corde nella mia cameretta?»

«Qualcosa per legarla, allora...!»

«Aspetta» disse Leo. «Hanna, aiutami».

Hanna prese il posto di Leo e aiutò Martin a mantenere la zia, che nel frattempo gridava e soffiava come un gatto isterico, imprigionata sotto la tovaglia. Leo si sfilò la cintura dai pantaloni, la passò intorno alla tovaglia, sopra i gomiti della donna, e la chiuse tirandola bene.

«Lasciatemi! Non sapete chi sono! Hanna, aiuto, Hanna!»

«La sentiranno» disse a quel punto, sottovoce, Leo. Martin annuì preoccupato.

«Ecco, prendete questa!» disse Hanna passando ai due ragazzi una sciarpa di stoffa. «Mettetegliela intorno alla testa, come un bavaglio».

«Hanna! Perché mi fai questo? Hanna, no, per-*chumpft...*!»

La sciarpa attutì la voce della zia Gertrude.

«E questa per le mani» disse ancora la ragazza.

Una seconda sciarpa andò a legare i polsi della donna. Poi Hanna diede ai ragazzi una cintura, così da assicurarle le braccia e permettere a Leo di non perdere i calzoni. Completò il tutto alzando ancora il volume della musica e facendo partire di nuovo il disco.

«Adesso voltatevi, per favore» disse Hanna ai due amici. «Non posso venire a giocare in pigiama, no?»

Martin e Leo diedero le spalle ad Hanna.

«Siamo nei guai, eh?» domandò Martin.

«Mi sa di sì, però hai avuto una grande idea».

«Eh, sono stato costretto» disse il primo mostrando un

braccio tutto graffiato. «Quel gattaccio mi si è divincolato e le è andato incontro. E la zia è rincasata in fretta, dovevo agire. Per fortuna non ha chiuso la porta».

«E non ha messo via la tovaglia della cena!»

«*Uhmmmprf, uuuhfft!*» disse la zia Gertrude da sotto il tessuto.

«Ecco, sono pronta!» li avvisò Hanna.

I due si voltarono a guardarla. Aveva i capelli sciolti, una maglietta e un golfino, su un paio di pantaloni lunghi e scarpe comode. A Leo parve bellissima. Era vero, non sarebbe scappata a Ovest ma avrebbe giocato con loro. Rimaneva solo da trovare un campo.

«Che c'è, Leo, tutto bene?» gli chiese la ragazzina.

«Sì, sì».

«Dai, meglio andare» tagliò corto Martin.

«Un momento».

Hanna prese un cuscino dal letto, si avvicinò alla donna legata e si mise in ginocchio.

«Scusa, zia». Le sollevò la testa e le mise sotto il cuscino. «Ancora qualche minuto, sono sicura che ti libererai presto. Ti voglio bene».

La donna si agitò e mugugnò qualcosa.

«Andiamo» disse Hanna rialzandosi. E li prese per mano.

Leo correva nella notte di Berlino Est, con il cielo pesante e l'aria che puzzava di gomma e fumo. Al suo fianco,

Martin e Hanna si muovevano veloci, silenziosi. Si sentiva libero, e il rischio gli dava un brivido che rendeva quel momento unico, quasi esaltante. Corsero lungo marciapiedi vuoti, nel silenzio notturno, scivolando dentro e fuori dai coni di luce dei lampioni. Si fermarono all'ombra del portone di un imponente edificio.

«Dove stiamo andando?» chiese Hanna.

«Kiefholzstraße» rispose Leo. Martin prese la cartina dalla sua borsa e fece per aprirla.

«No, lascia stare» gli disse la ragazzina. «È di là».

Indicò un incrocio, a poca distanza. Fu allora che Leo vide una piccola figura che avanzava nell'ombra, proprio nella direzione in cui aveva indicato Hanna.

«C'è qualcuno» avvisò.

Era un ragazzo e si muoveva cercando di non farsi vedere. Dietro di lui, i muri erano rischiarati a intermittenza dai colori di un lampeggiante della polizia.

Fu Leo a riconoscerlo: «È Felix!».

«Ma cosa ci fa qui?» domandò Martin.

«Be', avrei potuto chiedere la stessa cosa a tutti voi, eh!» commentò Hanna. «Siete davvero dei pazzi, ragazzi».

«No, doveva aspettarci di fianco al tombino» spiegò Leo.

«Tombino?» domandò ancora la ragazzina. «Adesso mi spiego il vostro profumino...!»

«Non hai idea di cosa abbiamo passato per venire da te, guarda» commentò Martin.

Lei spalancò gli occhi per la curiosità, ma prima che l'amico potesse spiegare, Leo parlò ancora.

«Qualcosa non va. Presto, andiamo a sentire».

Raggiunsero Felix e si ripararono dietro un muretto di mattoni.

«Ciao, Hanna!» salutò il portiere.

«Ciao, Felix, il nostro incontro sarebbe più bello se ti mettessi sottovento!»

L'altro sorrise e si tappò il naso facendo delle smorfie.

«Che cosa ci fai qui?» gli chiese subito Leo.

«Problemi. Ci hanno scoperti».

«Cosa?» domandò Martin. «Ti hanno visto?»

«No, ma dopo che siete andati via è passato un poliziotto in bicicletta» spiegò Felix. «Io mi sono nascosto, ma quello ha preso con la ruota proprio lo spigolo del tombino. È caduto e si è accorto che il tombino non era chiuso».

«Accidenti, che sfortuna» commentò Leo.

«Anche perché è ripartito di gran carriera e poi è arrivata un'auto della polizia».

Felix indicò con il pollice oltre la propria spalla. «E ora c'è anche un camion pieno di soldati: sono scesi di sotto».

«Non possiamo tornare indietro» disse Leo.

«Garantito al limone».

«Non da quella parte, certo» osservò Martin. «Ma sicuramente possiamo trovare un altro tombino e poi cercare i tunnel».

Hanna li guardava stupita e ammirata.

«Siete passati da sottoterra?» chiese.

I tre ragazzi annuirono tutti insieme.

«Spero che i topi non ti facciano schifo» le disse Felix.

Lei fece una smorfia disgustata.

Fu allora che i ragazzi udirono un altro rumore: passi in corsa sull'asfalto.

Si alzarono e videro la squadra della *7 Ottobre* al completo: Jo, Herbert, Rupert e Peter. Correvano lungo una stradina, velocissimi e senza alcuna cautela.

«Accidenti, ci faranno beccare!» commentò Martin.

«Non possiamo farci arrestare adesso, dopo tutto quello che abbiamo passato per arrivare fin qui!» disse Leo.

Poi prese a sbracciarsi per farsi vedere. Aveva tutta l'intenzione di sgridarli: non dovevano fare tutto quel rumore, non quando c'era la polizia nei paraggi!

Jo l'Amerikaner, il primo del gruppetto, lo vide.

«Scappa! Scappa, Leo!» gridò il bullo facendo segni con le braccia. «Ci hanno scoperti! Abbiamo i *Vopos* alle calcagna!»

Aveva appena finito di pronunciare quella frase, che da dietro di loro comparvero due poliziotti a piedi. Correvano facendo ondeggiare nel buio i fasci delle torce elettriche. Uno mise un fischietto in bocca e ne trasse trilli acuti che rimbombarono contro i muri.

«Scappiamo!» disse Leo al resto della banda.

La città, sonnacchiosa e indifferente fino a un attimo prima, sembrò svegliarsi come un alveare a cui qualcuno aveva dato un calcio. I ragazzi scappavano, con i poliziotti alle calcagna, e intanto Berlino Est metteva fuori il naso, incuriosita dal trambusto. Lungo le strade, le luci si accendevano nelle case. Alle finestre comparivano volti curiosi, facce preoccupate.

«Per di qua!» disse Martin, quando raggiunsero un incrocio largo, ma mai visto prima.

«Dove stiamo andando?» chiese Leo?

«A est!» rispose l'amico. «Penseranno che stiamo tentando di tornare oltre la barriera, non ci cercheranno da questa parte».

«Buona idea!» commentò l'Amerikaner.

Ripresero a correre.

«Restiamo uniti! Non ci dividiamo!» disse Felix.

Superarono auto in sosta e negozi dalle serrande abbassate. Attraversarono dei giardinetti pubblici, sfilando tra altalene immobili e sotto alberi dai rami tristi.

Di fronte a loro, un'auto della polizia svoltò l'angolo e si avvicinò. I lampeggianti e la sirena erano in funzione. Un uomo, dall'abitacolo, si sporse e manovrò un potente faro. Il raggio di luce sciabolò nella loro direzione.

«Indietro, indietro!» gridò Leo.

Tutto il gruppo si arrestò, si voltò e riprese a correre.

Girarono in un vicolo, appena prima che l'auto li raggiungesse. Alle loro spalle, sentirono degli uomini urlare ordini.

«Oddio, che guaio!» si lamentò Peter. «I miei mi frusteranno come minimo».

«Se ce la caviamo ti frusto io» gli rispose per le rime Herbert Mann. «E puzzi da far schifo!»

Il capitano della *7 Ottobre* correva con un ghigno in viso. Si affiancò a Leo.

«Gentile da parte vostra esser venuti a prenderci» disse tra uno sbuffo e l'altro.

«Pensa a correre, Mann».

«Non c'è problema. Siamo allenati, noi, lo sai!»

«Ma smettila...! Ti sembra il momento per fare lo spaccone?»

«Che ne dite di una sfida, eh? *7 Ottobre* contro *Neukölln*? Vi lasciamo indietro, tartarughe!»

«Davvero ti stai vantando di essere il più bravo a scappare, Mann?» domandò Felix sarcastico. «Buono a sapersi».

Il capitano Joachim Fuchs scese dall'auto della *Volkspolizei* e osservò Kindheimplatz. Gli operai giunti da tutta la DDR avevano lavorato splendidamente. Ora la barriera era pronta. Si fermò alla sua ombra e sollevò una mano, passandola sopra i blocchi di cemento. Era solida, minacciosa e fredda.

«Capitano» lo chiamò un suo subalterno.

Si voltò e attese l'arrivo del poliziotto. Questi si fermò a qualche passo di distanza e fece il saluto militare. Fuchs rispose allo stesso modo.

«Hetzer, tutto a posto?»

«Sì, signore» il militare gli passò una cartelletta portadocumenti. «Il rapporto della serata e gli ordini per le prossime ore».

Fuchs guardò le carte e lesse un dispaccio.

Nella piazza, una ventina di suoi uomini attendeva fumando e chiacchierando. I cittadini di Berlino Est dormivano o si erano ritirati all'interno delle proprie abitazioni, con le imposte chiuse e le luci abbassate. La costruzione della barriera li aveva intimoriti.

«Buone notizie, spero, signore».

Fuchs richiuse la cartelletta.

«No, Hetzer. I permessi sono sospesi, come temevamo. Avvisi gli uomini».

«Certo, capitano. Aspettiamo guai?»

Fuchs sorrise. «L'Ovest non ha accettato la nostra decisione» spiegò. «Stanno protestando da ieri. Ma oggi le cose hanno cominciato a farsi tese».

«Morti?»

«No. Non ancora. Ma nei pressi della Porta di Brandeburgo e nel sobborgo di Kreuzberg i nostri reparti sono in allarme. Hanno usato gli idranti per respingere i dimostranti».

«Idranti, signore?»

«Sì: il getto d'acqua li ha sbattuti a terra. Un metodo gentile, tutto sommato».

«Gli occidentali non reagirebbero bene a un colpo di fucile, temo».

«No. Rassicuri gli uomini, ma li tenga vigili. Cerchiamo di mantenere la calma. Lo dobbiamo ai nostri concittadini: tutto questo serve per salvaguardare la situazione, non per farla precipitare».

«Certo, capitano» Hetzer indicò un negozio di verdura, all'estremità orientale della piazza. «Il negozio è abbandonato, signore. Proprio come ci era stato indicato. Possiamo usarlo senza problemi».

«Molto bene. Faccia portare lì la radio, allora. E le mie carte. Passerò là dentro il nostro turno di servizio» disse l'ufficiale. «Sarà un posto di comando discreto: non allarmeremo la popolazione, domattina. Può andare».

Hetzer fece nuovamente il saluto e si diresse verso i propri compagni.

Joachim Fuchs si voltò verso l'interno della piazza. Lo sguardo gli cadde sulle righe di gesso, sbavate e incomplete, che delimitavano un campo da calcio. Nell'angolo, vicino al muro, c'era un pallone di cuoio rosso.

Il capitano sospirò e poi si avviò verso i propri uomini.

Dietro di lui, uno dei primi tratti del Muro di Berlino era completo e attendeva, imponente e silenzioso.

Cap. 18

NUVOLE NELLA NOTTE

Voltarono in un vicolo, sfilando uno dopo l'altro, con i poliziotti sempre lanciati all'inseguimento. Dovettero rallentare per evitare alcuni bidoni dell'immondizia e un carrello della spesa che qualcuno aveva abbandonato.

Herbert Mann mise il piede in fallo e cadde. Gli altri lo superarono.

Leo si fermò, le torce dei *Vopos* rischiaravano le pareti.

«Mi sono storto una caviglia!» si lamentò il capitano della *Ottobre*. «Va', lasciami qui».

Anche Martin si attardò e, mentre Leo si avvicinava a Herbert, prese a spostare i bidoni e il carrello.

«No» rispose Leo. E gli prese la mano.

«Li rallenterò, andatevene!»

«Sei un idiota, Mann» gli rispose Leo. «Io non mollo mai».

Aiutò il ragazzo, mettendosi il braccio di lui sopra le spalle, e riprese a muoversi. Anche Martin lo sorresse per l'altro braccio, e il terzetto si affannò dietro i compagni.

Leo vide Hanna e il resto del gruppo arrivare al termine del vicolo e voltare a destra. Ancora pochi metri e ce l'avrebbero fatta.

Continuarono a muoversi, sempre più veloci.

«Alt! *Volkspolizei*!» l'ordine proveniva dall'inizio della via, alle loro spalle.

«Avanti!» ringhiò Leo.

Mancavano pochi passi.

«Fermi! Fermi o sparo!»

Un metro.

Leo trattenne il fiato, raccolse le energie, si lanciò in avanti. Si udì un gran fracasso di metallo e grida.

«Ha funzionato!» commentò Martin con voce rotta dalla fatica.

Avevano superato l'angolo.

Si trovarono in una strada piena di grosse tende bianche e grigie. Coprivano bancarelle e tavoli, sembrava un mercato pubblico, o l'area di una fiera.

Leo aveva il cuore in gola e gli facevano male i piedi dal tanto correre. Al suo fianco, Martin era ugualmente provato. Herbert Mann era sofferente, ma aveva ricominciato a mettere giù il piede infortunato. Leo vide Hanna, rossa in viso e prossima allo sfinimento. Nell'aria si udiva del clamore. Grida, urla, slogan cantati con forza e una voce amplificata da un megafono.

«Presto, nascondiamoci!» disse Leo mentre il gruppo correva tra le tende.

Entrarono in un padiglione rosso e bianco.

Dentro, trovarono casse di legno chiuse, panche e sedie.

Si fermarono, chi in ginocchio, chi piegato in avanti, ad ansimare e riprendere fiato.

Herbert si accasciò a terra e si massaggiò la caviglia. «Grazie, ragazzi» disse piano.

Jo l'Amerikaner gli si mise di fianco e gli diede una pacca sulle spalle.

«Felix» disse Leo cercando di prendere fiato. «Di sentinella».

L'altro obbedì, alzò un lembo della tenda e sbirciò fuori.

Al buio, con solo la debole luce dei lampioni che filtrava nel tessuto spesso, sembravano un gruppo di spettri con il fiatone. Il clamore aumentò.

«C'è gente che protesta» disse Rupert Stol. «Che si fa?»

Leo avrebbe voluto rispondere che non lo sapeva, che era stanco, che forse era stato tutto un errore e che voleva tornare a casa, ma poi i ricordi lo colpirono. Otto che veniva arrestato, i signori Hulvert che scaricavano l'auto senza essere mai andati in vacanza, il filo spinato e il *Vopos* che calciava via la palla, la gente incredula e il muro di cemento. Per ultima venne l'immagine della pioggia battente sul campo deserto di Kindheimplatz.

"Se ci fermiamo ora, sarà stato tutto inutile" realizzò. "Sarà come stracciare le Regole di Franz e rinnegare il giuramento, sarà come tradire le cose in cui crediamo".

Dentro di lui sorse una rabbia bruciante.

«Torniamo indietro» disse Peter, piano. «Lasciamo perdere, dai. Che ci faranno mai, davvero?»

«State scherzando, vero?» disse Leo. «No, non ci arrendiamo. Non si molla mai».

«Non si molla mai» gli fece eco Martin.

Vide Hanna annuire, nella penombra.

«E allora qual è il piano, genio?» gli domandò l'Amerikaner.

«Ehi, sei tu che ci hai proposto di venire a prenderli, no?» rispose Leo. «Dammi un attimo».

I secondi passarono lenti.

«Ehi, ragazzi» disse Felix a un certo punto. «I poliziotti...»

«Che succede?» domandò Leo.

«Se ne sono andati!»

Trattennero il fiato. Il ruggire della folla era un rumore impressionante, ora parzialmente sovrastato dal lamento delle sirene.

Uscirono piano dalle tende, uno alla volta e videro che il cielo notturno era rischiarato dai bagliori di potenti luci, forse riflettori o fotoelettriche. La cosa che però faceva davvero impressione era che tutte le finestre delle case erano chiuse, con le tapparelle abbassate. Così vicino ai tumulti, nessuno osava mettere il naso fuori.

Hanna guardò il cartello con il nome di una via.

«Siamo vicini al confine» disse. Indicò il cielo sopra gli edifici di fronte a loro, dove si vedeva il chiarore delle luci artificiali.

«Devono aver richiamato gli agenti» osservò Jo.

«Mio fratello lavora per il giornale dell'esercito» spiegò Peter. «Non lo pubblicheranno mai, ma dice che la gente dell'Ovest sta protestando e tutte le forze di Berlino Est sono in allarme per contrastare i disordini».

«È la nostra occasione» disse Leo. «Hanna, portaci al confine. Ci sarà un punto dove potremo oltrepassare il filo spinato».

«Ma *è spinato*!» disse Herbert. «Ci faremo male, non si può!»

«Si può» rispose Martin. «Ho letto una storia di guerra in cui c'erano dei soldati che lo facevano. Uno di loro, ferito, ci si sdraiava sopra e...»

«Io non ci penso nemmeno!» protestò Herbert.

«Ma no, basterà metterci sopra qualcosa» continuò Martin. «Un pezzo di legno o degli abiti. Quando saremo lì vedremo cosa fare».

Si mossero di nuovo, guidati da Hanna. Sfilarono rapidi lungo marciapiedi grigi, sotto balconi e finestre che li osservavano passare in silenzio. Era tutto così irreale...! C'era un'intera città che gridava e protestava, oltre una barriera sul confine, e un'altra che si rintanava dietro finestre e tende.

E loro là, a correre nella notte.

«Ci siamo!» disse Hanna dopo aver fatto loro oltrepassare una strada. «Dietro quell'angolo!»

Fece strada e poi rallentò.

«Che succede?» le chiese Leo quando fu di nuovo al suo fianco.

La via terminava in una piazza. Grande, deserta, era divisa in due dal confine e dalla barriera eretta sopra di esso.

«Oh, no» mormorò Felix. «Cos'hanno fatto?»

I ragazzi della *7 Ottobre* camminarono piano, in silenzio. Martin era incredulo, ammutolito: era Kindheimplatz. O meglio, era la metà orientale, della loro Kindheimplatz, perché quella occidentale si trovava al di là di un muro. Per sempre tagliata via.

La piazza era priva di vita, i negozi erano chiusi, con le serrande abbassate, tranne una bottega di verdure la cui vetrina rifletteva le luci dei lampioni. C'era una camionetta militare, con il motore spento, vicina a cumuli di materiale da costruzione, mattoni e una piccola betoniera per impastare il cemento.

Leo camminò per la piazza. Guardò la corona degli edifici che si affacciavano su di essa. La metà occidentale era rischiarata, con luci accese nelle case e gente alla finestra.

L'edicola di Otto Ritter non si vedeva, la vista era ostruita dal muro. Anche i giochi dei bambini più piccoli erano nascosti.

Si fermò e vide che sotto i piedi aveva la linea di gesso del centro campo. Correva storta, diluita dalle piogge di quei giorni, verso la mole nera della barriera. La percorse e in un attimo quella massa di cemento sormontata da spire di filo di metallo gli coprì la vista del cielo notturno. Scavalcarlo era impossibile

Si sentì piccolo, all'ombra di quella costruzione mostruosa. Indifeso. Inutile.

Una mano si infilò nella sua. Era Hanna.

A destra e a sinistra, Leo si accorse di avere Martin e Felix. Dietro di loro, c'erano i quattro della *7 Ottobre*.

«Fine della corsa» dichiarò Felix, senza alcuna traccia di allegria.

«Be', avete avuto fegato a venire a prenderci, lo ammetto» disse Herbert Mann. «E devo dire che avrei voluto tanto suonarvele, in campo. Temo dovremo rimandare».

«Possiamo ancora farcela» disse Martin prendendo le sue carte dall'interno della borsa.

Si voltò a guardare la piazza.

«Che cerchi, quattrocchi?» gli chiese Jo, di nuovo acido.

«Ci sono dei tombini, qui» rispose Martin. «Ne apriamo uno, mentre non ci vede nessuno e torniamo all'Ovest».

Fu allora che Leo lo scorse: il pallone di cuoio consumato, quello che Martin aveva mandato di qua dal muro, e che uno dei *Vopos* aveva calciato via. Era lì che li aspettava. Li aspettava da sempre.

Leo gli sorrise, come se stesse salutando un vecchio amico.

Guardò il cielo notturno. C'erano forme, là in alto, tra le stelle e l'oscurità. Nuvole che mutavano aspetto, che crescevano e si sfilacciavano. Non aveva importanza che nessuno le vedesse, loro c'erano e questo a lui bastava.

Non importava che ci fossero o meno spettatori per la finale del torneo, decise.

"Se non puoi batterli," si disse ancora una volta "giochi lo stesso. E non molli mai".

Lasciò la mano di Hanna e s'incamminò.

«Ehi, dove vai?» gli chiese Jo l'Amerikaner.

Gli altri rimasero in silenzio. Leo raggiunse il pallone, si chinò e lo raccolse. Il cuoio logoro, le cuciture, i bitorzoli, disegnavano sotto le sue mani la mappa di un regno incantato, un regno tutto suo.

Erano la mappa di un tesoro che aveva sempre avuto.

«Abbiamo fatto una promessa» disse piano. Poi si voltò e sorrise alla sua squadra. «Vi ricordate? L'abbiamo promesso a Franz».

Un soffio di vento parve animare la notte, sussurrando alla loro memoria le parole del giuramento. «Giochiamo!» disse Leo. «Giochiamo qui, subito. Ora».

Felix mise un braccio sopra le spalle di Martin.

«Perché no?» disse il portiere della *Neukölln* con un sorriso ritrovato. «Son stanco di correre e avrei proprio voglia di stare un po' in porta».

Martin passò una mano dietro la schiena di Felix e con

una certa esitazione mise l'altra sopra le spalle di Hanna. «Siamo con te, capitano» gli disse.

«Sì, Leo!» confermò Hanna.

«Ci state?» domandò quindi Leo alla squadra della *7 Ottobre*. «Finiamo il nostro torneo?»

Il negozio di verdure era al buio. Il capitano Fuchs aveva dato l'ordine di spegnere le luci non appena aveva visto arrivare i ragazzi. L'allarme lungo il confine, l'aveva obbligato a mandar via quasi tutti i suoi uomini. Con lui rimanevano solo Hetzer e un vecchio poliziotto di nome Teller.

Quegli otto ragazzi non erano normali cittadini e si muovevano come cospiratori. Era stato sul punto di dare ordine di uscire con le armi in pugno, prima di riconoscere Hanna. E con lei c'erano il figlio di Pretzer, il giornalista della radio di Berlino Ovest, e il figlio di Ritter, l'edicolante. Era la squadretta con cui sua figlia giocava da alcuni giorni.

Da qualche minuto aveva ordinato il silenzio ai suoi uomini. E ora, con il binocolo sugli occhi, aveva visto quanto stava accadendo. Era altamente irregolare, ovviamente.

Joachim Fuchs sorrise. A se stesso, a sua figlia, anche se lei non poteva vederlo.

«Avete visto?» domandò Teller. «Hanno una palla. Si sono divisi in due gruppi, quattro contro quattro. Che mi venga... vogliono giocare?»

«Cosa facciamo, capitano? Sono qui in barba al coprifuoco, e quelli sono cittadini dell'Ovest, sicuramente arrivati per vie segrete!»

«Niente» rispose il padre di Hanna. «Noi non abbiamo visto niente, e questa partita non sarà mai esistita».

I suoi uomini esitarono, quindi il capitano abbassò il binocolo e li fissò in viso. I due annuirono.

«Hetzer, un fischietto».

«Sì, signore. Ecco».

L'attendente gli porse il tubicino di metallo

«E spegnete la radio».

«La radio, signore?» domandò Teller, incredulo.

«Fate come ho detto».

L'anziano poliziotto ubbidì, troncando a metà una comunicazione di routine.

Il capitano si mise il cappello.

«Signore, ma...?» domandò Hetzer.

«Tutte le partite hanno bisogno di un arbitro».

I due poliziotti si guardarono. Fuchs vide passare un segno d'intesa. Entrambi indossarono i cappelli.

«Per come la vediamo noi, capitano» disse allora Teller, con voce calma e accesa da una punta di divertimento «Servono anche due guardalinee».

«Proprio così» commentò Hetzer. «Uno per lato».

Trattenendo a stento il sorriso, i tre poliziotti s'incamminarono verso il campo.

Magia!

Quanto stava accadendo era pura magia, Leo ne era convinto. Eccoli là, nel cuore di una città spaccata, all'ombra di un muro che li guardava in cagnesco come il più feroce dei mastini.

«Martin, ricordati di tener bassa la palla» stava dicendo Felix all'amico. «Passa solo quando sei sicuro e muoviti veloce».

«E tu fa' attenzione. Hai visto come corrono, vero?»

Felix e Martin, pronti come sempre. Cuori generosi, sorrisi rapidi, un'amicizia di ferro forgiata nel sole di quell'estate.

«Pare che alla fine avremo anche un po' di pubblico, eh?» disse Jo l'Amerikaner.

«Già» convenne Leo.

C'era gente alle finestre, ora. Sopra il negozio di Müller si vedeva un uomo che occhieggiava da dietro le tende. Luci accese dietro una tapparella abbassata quasi del tutto, a Est. Figure scure su balconi di cemento. Spettatori e curiosi che si tenevano in ombra. Troppo interessati allo spettacolo incredibile che si stava per svolgere sotto di loro.

«Meglio: se dobbiamo distruggervi è bene che si sappia».

Leo sogghignò e scosse la testa.

«Attento a te, Jo» gli disse Hanna con finta animosità. «Ormai vi abbiamo visto giocare. Non siete poi così in gamba».

«Non avremo bisogno di trucchetti, questa volta» disse il bullo.

«Promettilo» fece lei.

«Hai la mia parola, bambinetta».

Leo prese la palla e la portò al centro del campo.

Di fianco a lui, Hanna, si arrotolava le maniche del golfino. La vide fermarsi a metà dell'opera e guardare con espressione sgomenta verso il lato orientale del campo.

C'erano tre poliziotti, in piedi e immobili. E uno era il capitano Fuchs. Il cuore di Leo perse un colpo.

«Papà!» disse lei. «Io... noi...»

«Silenzio, non c'è molto tempo» rispose il capitano. «Diamo inizio a questa finale».

La ragazza rimase a bocca aperta. Poi la richiuse e scattò di corsa verso l'uomo. Gli saltò in braccio e lui la tenne stretta. Si abbracciarono a lungo, con i piedi della ragazzina che penzolavano nell'aria.

A Leo sfuggì un sospiro di sollievo. Vide gli altri due poliziotti tenere dei fazzoletti in mano e andare a disporsi lungo le fasce laterali.

Era magia pura.

"Per Franz, per tutti noi" pensò.

«Allora, eccoci qui» gli disse Herbert Mann.

«Sì, come doveva essere» rispose Leo.

Il suo cuore cantava, i piedi prudevano dentro le scarpe. Si sentiva invaso da nuova energia.

Guardò i suoi avversari. Osservò Herbert e il suo neo sopra la bocca. Gli conferiva un'espressione odiosa, come sempre.

«Sei in gamba, Leonard» gli disse questi porgendogli la mano. «Vinca il migliore».

Leo gliela strinse.

«Vinca il migliore, Herbert».

Hanna tornò al loro fianco. Con lei, c'era il capitano dei *Vopos*. Mostrò a Leo una moneta.

«Croce» disse lui incapace di trattenere un sorriso.

Il disco di metallo roteò contro il nero trapuntato di stelle e nuvole. Atterrò sul guanto del poliziotto, che lo rovesciò sull'altra mano.

«Croce» dichiarò Fuchs.

Leo guardò la sua squadra. Gli sorrisero, annuirono, gli fecero cenni d'incoraggiamento.

Herbert Mann indietreggiò e tutta la *7 Ottobre* si preparò a difendere.

Leo prese una boccata d'aria della sera. Infilò la mano in tasca e ne trasse la fascia con il numero dieci.

La indossò.

Chiuse gli occhi sul buio, li riaprì sul pallone. E diede il calcio d'inizio.

La finale segreta era cominciata.

Epilogo

10 OTTOBRE 1989

Leonard Wolke osservava i *Mauerspechte* al lavoro, i "picchi del muro", con stupore e interesse. Sotto i suoi occhi, il mondo stava cambiando per sempre, stava tornando quello di una volta. Il cambiamento avveniva a colpi di piccone, di maglio, di martello pneumatico, tra canti, risate e pianti.

Il popolo delle due Germanie stava abbattendo il Muro di Berlino. Sopra di loro, il cielo eseguiva una danza fatta di nuvole e vento freddo.

Infilò le mani in tasca e si strinse nelle spalle. Era tanto che non osservava più il cielo, concedendosi il tempo per cercare disegni nelle nubi. Sua moglie lo prendeva ancora in giro quando capitava, gli diceva che non sarebbe mai cresciuto.

«Incredibile, eh?» gli disse l'uomo al suo fianco. Era alto e con le spalle larghe quanto un armadio.

«Non ho mai smesso di sperare, in tutti questi anni» rispose Leo. «Ma è avvenuto tutto così in fretta...!»

«Ah, sì, proprio in fretta: ventotto anni» disse l'altro con fare divertito. «E pensare che dicevate che ero io quello che faceva battute».

Leo gli fece l'occhiolino.

«L'età adulta ti ha rovinato, Felix, vecchio mio».

Felix Pretzer rise, un suono caldo e profondo, e tornò a guardare lo spettacolo che si svolgeva di fronte a loro.

C'era gente, di qua e di là dal muro. Gente festosa, che gridava e rideva. C'erano bottiglie che venivano stappate, ragazze che ballavano, bandiere che sventolavano. E le televisioni di tutto il mondo.

«Ma non scatti neanche una foto?» gli chiese ancora Felix.

Leo aveva una macchina fotografica a tracolla, ma aveva deciso di lasciarla penzolare.

«No: questa cosa voglio vederla con gli occhi e conservarla con il cuore. Ci saranno moltissime foto, nei prossimi giorni. Io non voglio perdermi nemmeno un istante».

«E il giornale?»

«Oh, sono solo un cronista sportivo. Ci saranno foto di reporter più bravi di me».

Li raggiunse un terzo uomo. Più piccolo di statura, con capelli sale e pepe e una corta barbetta nera intorno alla bocca. Aveva una sigaretta ritorta tra le labbra e spessi occhiali.

«Sapete, non sono più tornato qui da quando l'hanno liberato e ce ne siamo andati» disse il nuovo arrivato.

Aveva in mano tre bicchieri di plastica e ne passò due ai compagni. Dentro c'era della birra.

«Hai scoperto che fine ha fatto?» chiese Leo.

«Mah, abbattuto, credo. Era proprietà municipale e l'edicola non serviva più, quindi Berlino Ovest ha fatto sparire il chiosco di mio papà».

«Kindheimplatz non è più la stessa senza quel chiosco, Martin» osservò Felix.

«Meglio così. Troppi ricordi. Non tutti piacevoli».

«Stiamo assistendo al lieto fine, però» commentò Leo. «Ecco il colpo di grazia, guardate!»

Dal lato orientale, sbuffando e ruggendo come un drago inferocito, era arrivata una ruspa. I tre amici osservarono il mostro meccanico che sollevava il proprio braccio dipinto di giallo. Rimase immobile un istante, prima di abbattersi contro il muro. La gente acclamò, applaudì, rise e pianse. Frammenti di cemento si staccarono e caddero al suolo.

«Signori» disse Martin sollevando il bicchiere. «Siamo ancora qui, e quello se ne va».

«Siamo più duri del cemento» commentò Felix.

«A noi, che non molliamo mai!» disse Leo.

Bevvero la birra, tutti e tre insieme.

«Peccato che non ci sia Franz» osservò ancora Martin.

«Be', la nascita di una figlia è un evento molto più storico dell'abbattimento di un muro» rispose Leo.

«Guardate, ci siamo!» urlo qualcuno.

«Cadi! Cadi!» gli fece eco una donna.

Un segmento di muro era stato divelto. Una lastra alta

più di due metri, coperta di graffiti, venne artigliata dal braccio della ruspa e tirata indietro. Cadde nella parte est, sollevando una nuvola di polvere. E subito, attraverso la breccia, si riversarono decine e decine di berlinesi.

«Andiamo» disse Leo.

Felix raccolse i bicchieri vuoti e li gettò in un cestino. Poi si accodò agli amici.

La folla dell'Est si fondeva con quella dell'Ovest. La gente cantava, gridava. Leo si ritrovò baciato sulle guance da una ragazza con i capelli rossi. Felix venne abbracciato da una vecchietta in lacrime. Un omone baffuto strinse con forza Martin e gli diede una pacca sulla schiena.

L'euforia era contagiosa, travolgente.

Il flusso di persone diminuì e si fece più calmo. Quelli che ora passavano nel varco avevano occhi carichi di emozioni, e lo facevano lentamente. Chi con una bottiglia in mano, chi con una bandiera.

I tre amici si fermarono a qualche metro dalla breccia e osservarono le persone che varcavano la soglia di quella libertà ritrovata.

Dopo poco videro due bambine, bionde, identiche, con il nasino spruzzato di lentiggini e l'espressione furbesca. La prima teneva per mano la seconda. Questa tese la mano a est e le dita di una donna la strinsero. La loro mamma superò il varco. A Leo bastò uno sguardo per riconoscerla.

«Hanna!» gridò. «Hanna, siamo qui!»

Lei lo vide, si portò le mani alla bocca. Spostò lo sguardo a destra e a sinistra di Leo, posandolo sui suoi amici, prima che il pianto le offuscasse la vista. Un uomo fu al suo fianco, la sorresse con un braccio intorno alla vita. Poi il quartetto raggiunse i tre amici.

La squadra di *Neukölln*.

Rimasero in silenzio, senza sapere cosa dire. L'imbarazzo era pesante come una coperta bagnata.

«Giocano bene come te?» domandò quindi Felix, riferendosi alle due ragazzine.

Hanna rise di cuore, con grosse lacrime che le scorrevano lungo il viso. Gli gettò le braccia al collo, lo baciò sulle guance. Lui la tenne stretta, parevano un orso e una bambina. Poi Hanna riservò lo stesso trattamento a Martin, che la salutò con occhi lucidi.

«Ciao, Hanna» disse infine Leo.

Le braccia di lei lo strinsero, lo accolsero. Leo affondò i capelli nella spalla della sua amica, ritrovò le sensazioni di un tempo. Respirò a fondo la gioia di quel momento, il profumo e i ricordi si mischiarono. Quando si separarono, lei rideva e piangeva allo stesso tempo. In mezzo a un sottile disegno di rughe, le lentiggini erano ancora presenti e i suoi occhi azzurri erano vispi come un tempo.

«Ragazzi, quanto mi siete mancati!»

«Devi raccontarci tutto della tua vita, Hanna» disse Leo. «Tutto quanto».

Leo si sentì urtare una caviglia da qualcosa di morbido. Abbassò lo sguardo e vide che si trattava di un pallone.

Lo raccolse, per mostrarlo agli amici.

«Signore, ci darebbe la palla?» gli disse un ragazzino, poco distante. «Vorremmo giocare».

Aveva un giubbotto di pelle e l'aria da monello. Con lui c'erano due amici, capelli scarmigliati e visi furbi, pronti a tutto. In disparte, una ragazza si allacciava le stringhe di un paio di scarpe da ginnastica.

Aveva l'aria di una pronta a prendere a calci il mondo.

Leo passò il pallone al ragazzino, poi guardò i volti dei suoi vecchi compagni di squadra. Vi lesse lo stesso mare di emozioni che rovesciava onde nel suo cuore.

Si abbracciarono, lì, di fronte al Muro che cadeva.

E le lacrime sulle guance bagnarono i loro sorrisi.

Ringraziamenti

IL GOAL PIÙ BELLO

Il goal più bello non è quello che segni da lontano, con forza. E nemmeno quello che realizzi dopo aver sgominato da solo la difesa avversaria. Il goal più bello è quello che viene alla fine di un'azione di squadra. Mi sento così, ora. Come se avessi appena segnato un goal alla finale di Kindheimplatz, grazie a una squadra formidabile. Proverò a ringraziare tutti quelli nei confronti dei quali sono in debito. Se dimentico qualcuno, potete buttarmi fuori dal campo.

La mia gratitudine va a Laura Scuriatti, Alessandro Lo Verde e Federico Vidari, per l'aiuto e i contatti che mi hanno aiutato a inquadrare la Berlino di quell'anno incredibile. Fondamentale è stato l'apporto di Marco Menozzi, vera e propria enciclopedia bipede del calcio: senza di lui non avremmo avuto Der Boss e tutta la mitologia della banda di Neukölln.

Grazie a Sarah Rossi e a Tommaso Percivale, per le parole, la considerazione, l'amicizia che cresce a ogni nuovo incontro. La mia gratitudine vola anche a Teo Benedetti, amico barbuto ma non certo barboso, che ha sopportato le mie ansie e che mi ha aiutato in più di un'occasione. Da questo novero non può certo rimanere fuori Christian Hill, compagno di avventura e amico di lunga data. Tra i tanti meriti, Chris ha quello di saper pronunciare frasi che per me diventano massime. L'hai fatto anche questa volta e... avevi ragione.

Questo romanzo non ci sarebbe stato senza l'assist di Davide Morosinotto. Grazie a uno scambio di e-mail e una chiacchierata illuminante e ispiratrice, su una panchina di fronte al lago, è nata l'idea di un'avventura all'ombra di un grande evento della Storia moderna. Se non è gioco di squadra questo...

Oltre lui voglio ringraziare Pierdomenico Baccalario, che ha creduto in questa storia dalla prima volta che gli è stata raccontata e che mi ha aiutato e guidato con suggerimenti vincenti e tocchi da campione. Proprio come quelli che l'hanno portato a riunire un gruppo sempre più numeroso di ragazze e ragazzi che vivono con la testa tra le nuvole e lo sguardo su terre lontane, per farne un gruppo di amici. Questo gruppo di irrecuperabili sognatori ora si riconosce nel nome *Book on a Tree*. Appeso ai rami di quest'albero, *Fuorigioco a Berlino* è diventato il libro che è ora. Là, tra le fronde, sempre pronto e gentile, c'è Lorenzo Rulfo: grazie per la pazienza e la comprensione, Lorenzo.

E ora che *Fuorigioco a Berlino* è un libro, dico grazie anche a Elena Carloni e a tutto lo staff di Giunti, artefici della trasformazione che permette anche ad altri di leggere questa vicenda.

Desidero esprimere un grazie speciale ai miei genitori. Mi avete trasmesso l'amore per la lettura, per le storie e il raccontare. E avete sempre alimentato quel piccolo fuoco che avete aiutato a nascere. Le storie che racconto oggi sono costruite con le parole che mi avete regalato voi.

Devo molto anche a Simona, mia moglie: avere al proprio fianco qualcuno che capisce la strada che percorri e che, non solo ti lascia camminare, ma ti aiuta anche, è qualcosa di unico e prezioso.

Grazie per i tuoi incoraggiamenti e consigli, per il tuo supporto e l'aiuto costante.

L'ultimo ringraziamento è per te che sei arrivato fin qui.

Spero che Leo e i suoi amici ti abbiano regalato qualcosa. Spero che la loro storia possa tramandarti un piccolo incoraggiamento quando le cose si faranno difficili.

Prova a chiudere gli occhi e ascolta.

Li sentirai sussurrare: "*Non mollare… non mollare mai!*".

Introbio, 17 gennaio 2016

INDICE